作者／翁裕庭　繪者／步烏&米巡

少年一推理事件簿 3

是誰在説話？上

每個人在自己的世界裡都是主角，
在別人的世界中卻只是配角。

我要來推理一下《少年一推理事件簿》為什麼廣受孩子們喜愛。

首先，故事裡有讓人好奇想問為什麼、生活中常遇見也用得上的**知識謎團**；其次，亂瞎猜而矇對答案肯定不符合讀者的預期，運用嚴謹但不艱澀的邏輯推論，才**讓人心服口服**；再者，線索蒐集需要敏銳的觀察力，識破謊言、揭穿騙局憑藉的是有趣的科學原理，**開了眼界讓人好過癮**。

然而，**最厲害的殺手鐧，應該是「我被理解認同了」的療癒感受吧！**非但沒有枯燥說教的姿態，那種想要冒險、叛逆卻又渴望被聆聽的心情，作者怎麼都知道呢？這個疑問顯然無法看一兩本書就得到解答，那就繼續往全書系追下去嘍！

——**冬陽** 推理評論人、復興電台「偵探推理俱樂部」節目主持人

每則推理短篇均帶有自然科學原理，如物理、生物、化學、大氣科學等，將學校所學應用在生活上，**貼近現行教育重視的素養式學習。**

——**黃愛真**　教育部閱讀推手

有別於《再見青鳥》的統一視角，這次的《是誰在說話？》裡，每一篇都以不同孩子做為第一人稱。看似陽光的少女、做事魯莽的惡霸……其實各有精采的人生，都是獨一無二的故事。

更令人心生折服的，是文中刻意擺入卻又不著痕跡的科普知識。**當我們的心隨著六年一班的經歷起伏悲喜之際，也順帶吸收學習了許多「很科學」的生活小百科。**

期待未來的某一集，有男女主角黃宗一及隋雲的第一人稱敘述故事，我想那一定是令讀者如癡如醉的劇情展開。

——**葉奕緯**　彰化田中高中國中部老師、「奕數咖學」社群創辦人

（依姓氏筆畫排序）

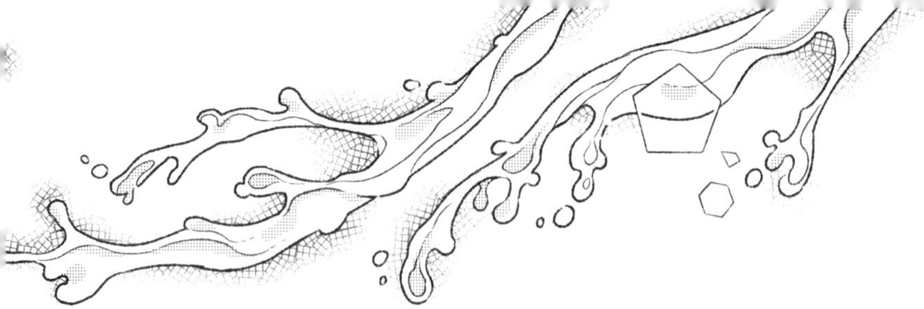

目錄

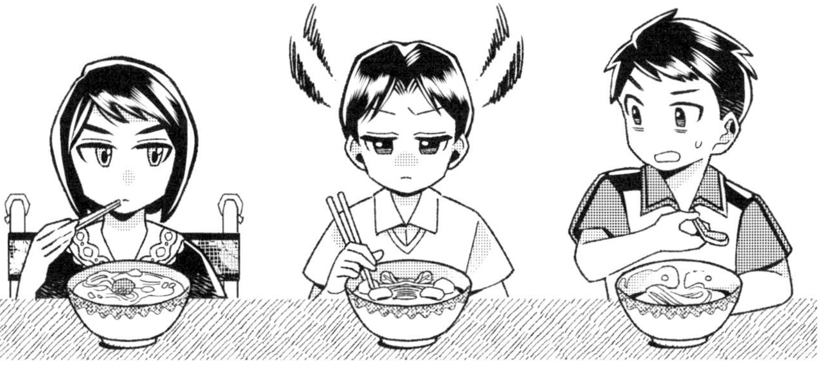

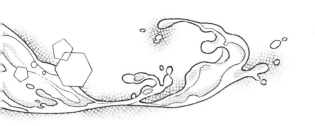

主要人物介紹

黃宗一・新來的怪咖轉學生。白上衣、黑長褲，中分髮、身上帶了一只公事包，是個事事講求精確的對稱控。行事風格獨特，興趣是研究科學，認為真相需要科學證據。綽號「科學怪探」。

隋雲・安靜、領悟力高，因為身體障礙，經常睜著一雙明眸，在一旁冷眼旁觀，但每到關鍵時刻，卻能提出令人無法否認的觀點。是黃宗一在知性上的勁敵。

劉孟華・六年一班班長，在玉茹老師慶生會那天失蹤，只留下一本日記。據信是被青鳥帶走。

錢若娟・班上最值得信任的老大。做人海派隨和，跟任何人都可以稱兄道弟。

王元霸・惡霸型人物，高頭大馬、身材壯碩。跆拳道功夫了得，以擅長打架著稱。

何文彬・小壞壞，班上有什麼壞事，第一個被懷疑的就是他。

姚夢萱・校花，個性溫柔婉約。身材纖細、五官精緻，肌膚白皙有如搪瓷娃娃。

邱政・警察之子，企圖心旺盛，視黃宗一為競爭對手。

鄭少傑・棒球控，個性開朗的帥哥，相信有超能力存在。

第一話 老大的心願

劉孟華失蹤至今已經過了一個星期。

警方仍然一籌莫展，他們在劉孟華的房間裡找到一本日記，除此之外別無其他線索。那本日記忠實記載了劉孟華的生活點滴與心路歷程，並且證明了青鳥一再慫恿他離家出走的事實。

大家都覺得這個青鳥太可惡了，居然誘拐一個純真的小男生，但我心裡想的是：我是不是讓他失望了？如果我沒對劉孟華的告白說不，也許他就不會跟著青鳥遠走高飛？

也就是說，之所以發生這樣的事件，會不會是我害的？

「學姊好！」我轉頭一看，兩個五年級女生畢恭畢敬的跟我打招呼。看她們倆使勁搬著一大桶籃球，走起路來舉步維艱，我忍不住出手幫忙了。

「要去體育器材室嗎？我來幫忙！」我單手抓起桶子一邊的把手，另一邊的把手由那兩個學妹一起拉抬。

「學姊你人好好喔！」其中一個說。

「學姊你好有力喔！」另一個也說。

我時常得到別人的稱讚，大家都說我有領袖氣質。其實說真的，哪來的領袖氣質啊，我只不過是常常幫助別人而已。之所以這麼做，也只是因為從小我爸就要我多多幫助弟弟妹妹。

「若娟啊，你是長女，幫助弟弟妹妹是你的工作，也是你天經地義的責任。」他是這麼說的。

我爸媽真的好忙。一個在餐廳上班，另一個在擺地攤，每天下午四點出門，回到家通常是晚上十一點以後。於是幫弟弟妹妹張羅晚餐就成了我的工作。起初我煮泡麵給他們吃，但是媽媽很不滿意。「吃泡麵既不營養，而且不會有飽足感。」

好吧，所以我學會了洗米煮飯，也會炒幾道簡單的菜。

升上五年級之後，我多了一項工作。每到週末，都要去學校側門對面的那家罐頭工廠打工。

「若娟啊，我們家裡孩子多，等著張口吃飯的嘴也多，要辛苦你多扛些責任，」爸爸是這麼說的。但其實我心裡很納悶，爸媽工作時間這麼長，為什麼我們家還是這麼窮？我們沒錢買新衣，衣褲是老大穿完老二穿，老二穿不下換老三穿。我們也買不起新電視和冷氣機，家裡那臺電視歷史悠久，如今只能聽不能看，因為畫面動不動就變成

一片漆黑。最慘的是每年到了夏天，我們一家七口全擠在唯一的電風扇前面，希望能分享到一絲絲涼意。

「爸，為什麼我們家裡有五個小孩？」有一次我忍不住問了：「我的同學很多人是獨生子或獨生女吔。」

「這都是為了你啊，」爸爸摸著我的頭說：「我們怕你一個人會寂寞，所以生了弟弟妹妹來陪你。」

如此說來，我們家經濟狀況會這麼差，也是我害的嘍？

・・・・・

「好熱喔！」學妹邊走邊嘀咕。今天真的很熱，尤其現在是正午時分，氣溫少說也有三十四度，熾熱的陽光令人揮汗如雨。

我們穿越操場時，一輛小轎車突然衝入校門，並且以急轉彎的方式駛向教職員辦公室，然後緊急煞車停下來，輪胎磨地的刺耳聲叫人聽了很不舒服。隨後車門一開，一名體型修長、身穿工廠制服的中年大叔走出來，他的表情陰沉，嘴角叼著菸，以一副吊兒郎當的模樣走向辦公室。

「先生，你的車不可以停在這裡！No way！」頭上早已光禿禿的李校工走過來阻止那位中年大叔，卻被他伸手推開。

這個李校工其實才五十出頭，卻像老人一樣沒擋頭，被人一推就腳步踉蹌差點摔倒。他氣呼呼的嗆聲：「等一下你別想取車了，除非……除非……over my dead body！」李校工講話喜歡撂英文，但沒人覺得他這樣比較高尚有水準。

走過那輛轎車時，我突然想到，哎呀！我以前見過這位大叔，他是罐頭工廠的員工！我往緊閉的車窗內瞥了一眼，副駕駛座前的儀錶板上有兩個塑膠製的打火機，座椅上有兩支裝有液體的寶特瓶，

踏墊上還有一堆啤酒罐。

「車子裡面好亂喔，」旁邊的學妹說：「這個臭臉叔叔的生活習慣一定很糟。」這句話真是深得我心。

回到教室後，我發現大家正在進行熱烈的討論，話題當然是繞著失蹤的劉孟華打轉。

「幹嘛要抓走小孩？」宋謙說。

「我媽說世界上壞人很多，其中有一種壞人叫做戀童癖，」姚夢萱說：「這種人色色的，對小孩懷有不良企圖。」

「好噁心喔！」余唯心說：「被他們抓到會有多慘，我根本不敢想像。」

「所以我媽說，就算他們拿出新奇的玩意，或是看起來很好吃的食物，也不能呆呆的跟著陌生人走。」好幾個同學很用力的點頭。

不過，邱政一開口澆了大家一頭冷水。

「現在誘拐小孩的手法已經沒那麼老套了，他們會以問路為由讓你落單，或是以受傷的可憐姿態向你求助，只要一同情他們，就容易掉以輕心，然後就中計了。」

「萬一他們不是騙子，而是真的需要幫助呢？」湯子怡問。

沒有人接腔。大家紛紛轉頭看著我。

「還是得幫，」我說：「但是要懂得隨機應變。」

「怎麼變？」蕭莉玲說：「我哪知道他們是真的生病，還是在裝可憐？」

「如果當下只有你自己一個人，」我想了一下才說：「那還是不要幫忙，就說你去找幫手或叫警察過來。」

「這種人要是給我遇上了，」王元霸哼了一聲，撂下狠話：「我一拳把他打爆。」

「我們可沒有你這樣的神力。」卓伯康說。

老實說，我沒有把握能擊退那些壞人。雖然大家都說我力氣很大，但我畢竟是十二歲的小孩，應該不是大人的對手，何況他們通常是集體行動。

「我爸說，小孩是很有價值的商品。」廖宏翔突然打岔。

「是喔，」宋謙說：「我媽說，我這種小孩送給別人都沒人要。」

「聽說有些犯罪集團專門誘拐小孩，然後把他們身上的器官賣掉，」廖宏翔說：「有些有錢人的小孩罹患先天性疾病，需要接受器官移植才能延續生命，可是健康的器官要去哪裡找，所以只好跟犯罪集團購買。」

「那，那被……被摘除器官的小孩怎麼辦？」姚夢萱問。

「還能怎麼辦，」邱政說：「你想想看，心臟或肝臟要是被摘除了，還能活下去嗎？」

「那班長不就慘了？」鄭少傑說。

「不要再說了！」許佳盈叫道：「這麼恐怖的事情光想就很可怕了，你們居然討論個沒完！」

現場陷入靜默中，我趕緊出面緩頰。

「先別往壞處想，班長可能只是離家出走，也許現在正在吃冰涼解渴的雪糕。」

「這個青鳥到底是誰？」方逸豐問。

「應該是我們身邊的某個人，」邱政說：「但因為真面目隱藏起來了，所以我們不曉得青鳥是誰。」

「那怎麼辦？」許佳盈說：「萬一青鳥繼續犯案，我們會不會一不小心，就淪為下一個受害者？」

沒有人答話。眾人又將目光投向我這邊。我往黃宗一瞥了一眼，他面無表情，但看起來很鎮定。

「我們一定要團結起來，」我說：「一雙手無法解決的難題，十

隻手一定可以克服。」

「每次只要聽到老大這麼說，」高勝遠撫著胸口說：「我馬上就心安了。」

「一雙手無法解決的難題，十隻手一定可以克服。」這句話已經成為我的口頭禪。每當家裡出狀況時，我也都是用這句話來安撫弟弟妹妹。

就在此刻，章均亞從外面跑進教室。

「劉孟華的爸爸來學校了，」她說：「他正在辦公室和玉茹老師講話。」

「是班長回來了嗎？」鄭少傑問。

「沒有，」她搖著頭說：「他是來學校取回班長的個人物品。」

「其實警方有在懷疑班長的爸爸，」邱政插嘴說：「他會打小孩，所以警方懷疑是他失手打死兒子，事後趕緊把屍體藏起來。」

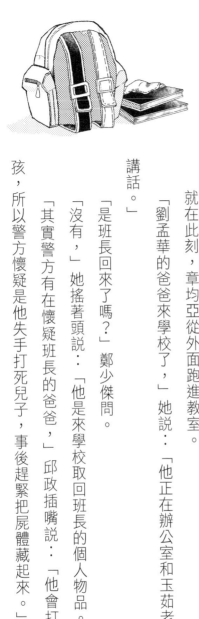

「不會吧？」方逸豐說：「日記中明明記載了青鳥的存在啊！」

「這我就不曉得了，」邱政說：「反正警方內部有此一說。」

原來那個大叔是劉孟華的父親。也難怪警方會懷疑他，兒子失蹤了，他沒露出傷心或焦慮的表情，反而一副無所謂的樣子。相較之下，我覺得自己還算幸運，至少爸爸不會打我，只是日子過得比較辛苦一點。當大家議論紛紛時，何文彬像陣風似的衝進來。

「辦公室那邊發生火燒車事件！」他大聲嚷道。

火燒車？辦公室那邊只停了劉爸爸的車……怎麼會發生這種奇怪的事？

「我們學校是受到詛咒了嗎？」方逸豐說：「先是有學生被誘拐，現在又有車子被縱火。」

「你講得太誇張了，」何文彬說：「其實只有副駕駛座燒起來，而且火勢已經撲滅了。」

「為什麼會燒起來？」

「車主認為是李校工搞的鬼，因為他們發生過口角，不過校工本人矢口否認，」何文彬又說：「我看啊，說不定是超能力者搞出來的汽車自燃……」

鄭少傑已經往外衝了，其他同學也陸續跑出去看熱鬧。我跟在人潮中往前走，不經意的回頭一瞥，看到黃宗一和隋雲兩人表情漠然的去搭電梯。

我們下樓走近一瞧，只見劉爸爸和李校工兩人正爭論不休。

「我的車子上了鎖，」劉爸爸說：「既然車內會起火，絕對是有人惡意縱火。」

「Not me，」李校工說：「如果縱火的人是我，那我幹嘛還拿滅火器敲破車窗來滅火。我的手指還被你座椅上的寶特瓶燙傷了。」

「你這是『做賊的喊抓賊』。」

邱警官這時已經抵達案發現場，他繞著車子走動，伸手撥開飄蕩的餘煙。

「也許這並非人為縱火，」他說：「天氣非常炎熱，你車內放了打火機這種危險物品，會發生火燒車現象並不奇怪。」他回頭看著黃宗一：「我說得有道理吧，小偵探？」

黃宗一從他的黑色手提包，拿出一個方形儀器。

「你們知道在大太陽底下，」他說：「車體哪個部分溫度最高？」

「當然是引擎蓋的外殼板金，」邱政斬釘截鐵的說。

黃宗一從手中的儀器抽出一條白線，先碰了一下外殼板金，再碰一下車內儀錶板，原來那個東西是測溫器。令人意外的是，引擎蓋外殼板金只有攝氏四十三度，車內儀錶板卻有八十二度！沒想到儀錶板的溫度居然高到可以煎蛋了。

「車內溫度為何會高到嚇人？」鄭少傑問。

「駕駛座的周遭是透明玻璃，」黃宗一解釋給大家聽：「這和大氣層的作用一樣，讓陽光的能量進來得多、出去得少，形成車內的溫室效應。」

「溫室效應？」王元霸問：「這是什麼東西？」

「陽光以短波形式穿透大氣層抵達地球表面，而加熱後的地面把

能量以長波形式輻射回去，但大氣層中的水氣、二氧化碳、甲烷等氣體會吸收能量，再傳回地表，使地球表面可留下能量而保持溫暖，猶如一個大溫室，這就是溫室效應。」

「有人聽得懂他在說什麼嗎？」王元霸一臉茫然。

「把這個原理套用在汽車上，車窗玻璃好比是大氣層中的溫室氣體，」黃宗一繼續往下說：「太陽光穿透玻璃照進車內，使車內溫度上升，這些熱量被玻璃阻隔在車內，無法散發，因此車內溫度就愈來愈高了。」

「於是打火機自燃起來，結果造成火燒車的意外。」邱警官做出結論。

「打火機裡面的丁烷是可燃物沒錯，但是它的爆炸威力並不強大，不至於引發火燒車。」黃宗一當場打臉對方。

「真相到底是什麼？」邱警官問。

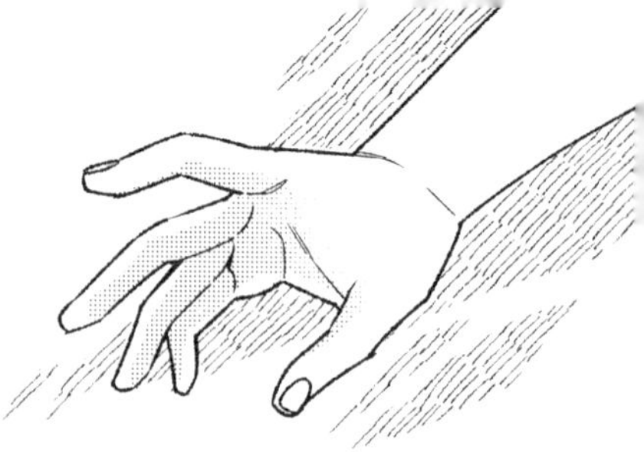

「真相藏在車主和校工的對話中。」

「你可以再說清楚一點嗎？」

邱警官簡直是在拜託他了，黃宗一卻不為所動。

「關鍵在於『座椅上的寶特瓶』，」隋雲出聲了：「裝水的寶特瓶放在椅子上，如果位置和角度配合得剛剛好，會像凸透鏡一樣可以聚焦太陽光的能量，讓溫度甚至高達九十九度，足以點燃座椅。」

「難怪我去抓寶特瓶時，手指頭被燙傷了，」李校工說：「but另一支寶特瓶卻整個燒焦。」

「燒焦的寶特瓶裝的應該不是水。」她看著車主說。

「那瓶裝的是汽油，」他回答：「我加油時多加了一瓶，想說回家後可以倒入機車油箱。」

「這的確是『人為』縱火，」隋雲淡淡的說：「只不過，這是你自己無意間造成的後果。」

看來不用等鑑識人員趕來勘查，邱警官就可以宣布破案了。

我偷瞄著黃宗一。不管何時何地，他總是一臉淡定，好像沒有什麼事能讓他驚慌失措。不知為何，我一看到他，心中就有股安定感油然而生。我在爸媽身上找不到這種能讓我平靜的力量。

其實這也是無可奈何啊！畢竟我看過爸媽他們偷偷掩面痛哭的模樣，生活壓力逼得他們疲憊不堪。我並不奢望爸媽能夠安慰我，可是我居然夢見黃宗一摸著我的頭說：「辛苦了，你做得很好。」光是回憶那場夢，我就覺得好害臊。

但我真的做得夠好嗎？我真希望時光可以重來，那我一定要跟劉孟華說：「一雙手無法解決的難題，十隻手一定可以克服，讓我們一起來努力。」只是現在後悔也來不及了。

劉孟華，你一定要沒事才行。我雙手合十向老天爺請願，希望我們很快就能再見面，拜託了！

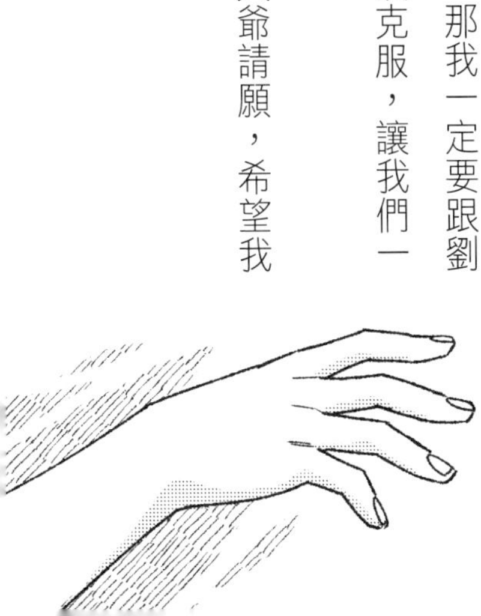

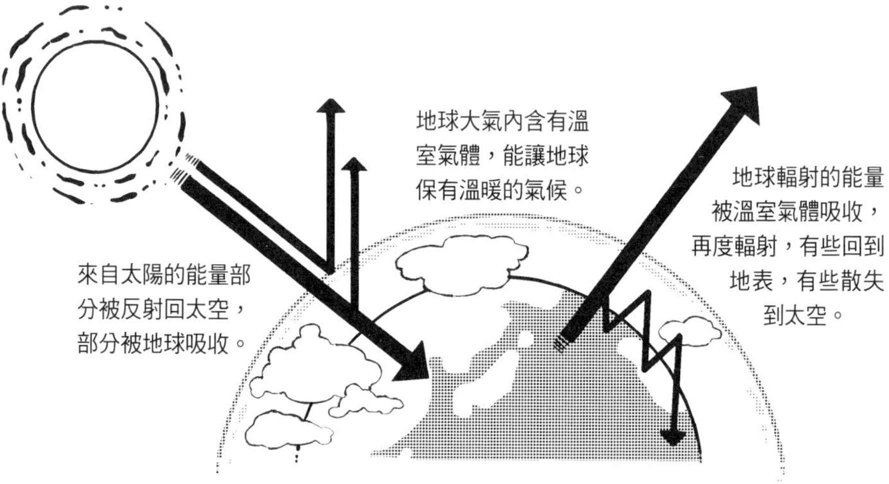
地球大氣內含有溫
室氣體，能讓地球
保有溫暖的氣候。
地球輻射的能量
被溫室氣體吸收，
再度輻射，有些回到
地表，有些散失
到太空。
來自太陽的能量部
分被反射回太空，
部分被地球吸收。

體，能夠吸收紅外線，並再度向外輻射，因此能將熱保留在地球上，就好比溫室一樣，也因此這種現象叫做溫室效應，而能夠造成溫室效應的氣體就稱為溫室氣體。

造成溫室效應的氣體以水氣最多，約占一半，大多存在雲朵當中，其次為二氧化碳，以及甲烷和臭氧。溫室氣體讓地球保持溫暖，平均溫度約 15°C，適合人類居住；如果少了它們，地球平均溫度可能只有 -18°C。所以，請你想想看，溫室氣體到底是好還是壞？

科學眼 溫室氣體帶來了溫室效應，讓地球擁有溫暖氣候，但如果溫室氣體過多，使氣候過暖，就會造成全球暖化！

破案之鑰

溫室效應是什麼東西？

溫室效應不是東西，而是溫室氣體造成的一種自然現象。之前介紹過溫室氣體導致全球暖化，也許讓不少人誤以為溫室氣體是不好的，但真相並非如此！

如果沒有溫室氣體，地球可就糟了！以月球為例，月表上幾乎真空，沒有大氣層，直接受太陽照射時，表面溫度高達攝氏一百多度，但缺少日照時，溫度又直直落到攝氏零下一百多度！冷熱溫差高達兩三百度，生存困難！

地球可就不同了。白天陽光照射時，部分光線會穿透大氣層抵達地表，如波長較短的可見光和紫外線，使地球溫度升高。地球本身也會散發熱量，以波長較長的紅外線朝太空輻射。但因為地球大氣中含有水氣及其他的溫室氣

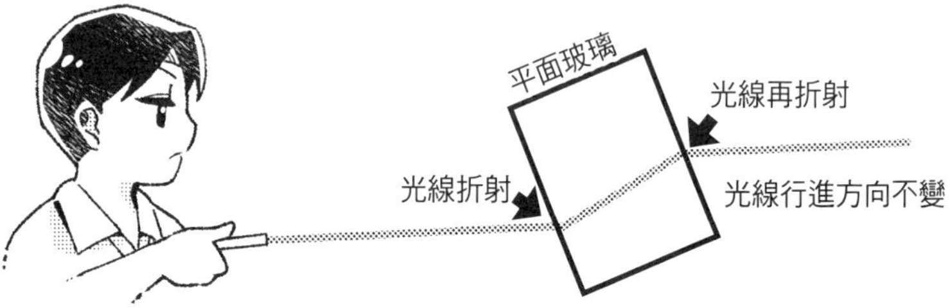
平面玻璃
光線再折射
光線折射
光線行進方向不變

凸透鏡表面突起，如放大鏡、老花眼鏡。表面凹下的則是凹透鏡，如近視眼鏡。凸透鏡和凹透鏡因為表面彎曲有弧度，會使光線行進方向發生偏折。

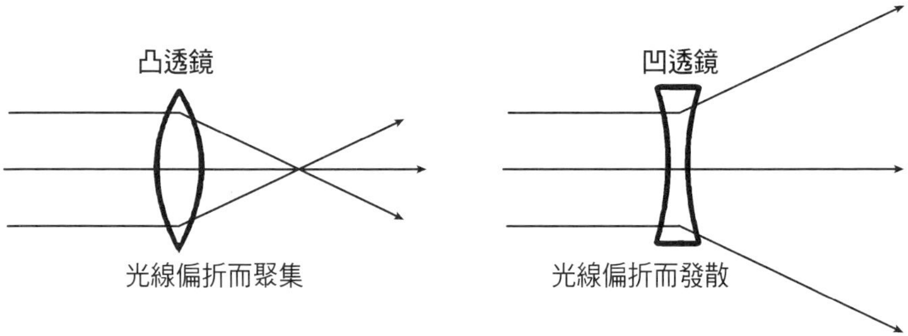
凸透鏡
光線偏折而聚集
凹透鏡
光線偏折而發散

最後做個實驗。利用晴天在戶外鋪張紙，分別讓陽光透過放大鏡、近視眼鏡、平面玻璃照射在紙上。上下移動透鏡並調整角度，哪一個可讓陽光在紙上聚集成一個明亮的點？並讓紙張冒煙燃燒？小心，可別燙傷或中暑了！

科學眼 光線折射的現象讓凸透鏡可聚集光線。

破案之鑰

凸透鏡為什麼可以聚集光線？

解釋這件事之前，請各位先找找手邊可透光的工具或器皿，如玻璃水杯、眼鏡、放大鏡、水瓶……觀察一下，透過這些物件看世界，看到的影像有什麼不同？

螞蟻會變大隻。
我戴上近視眼鏡，看世界就變清楚了。

影像可能放大、縮小或變形，但這是為什麼？還記得我們能看見，是因為光線進入眼中嗎？如果進入眼中的光線在經過器皿時發生彎折，形成的影像也會跟著改變。

光和聲音一樣，在經過不同介質時，速度會變快或變慢，使前進方向發生偏折，這叫「折射」（參考第一集第151頁）。正是因為折射，所以凸透鏡可聚集光線。

當光由空氣進入玻璃，速度變慢，於是發生折射，由玻璃進入空氣，速度變快，再次折射。如果是平面實心的玻璃，兩次的折射會讓光線行進方向保持不變。

第二話 孤獨的霸王

拜託講人話行不行？

這句話聽起來蠢斃了，偏偏我總是脫口而出。難道我的大腦少了根筋，導致不該講的話會不受控的隨口說出來，讓自己顯得無腦、很不靈光？

頭腦的反應比別人慢半拍，我很討厭這樣的自己。

「王元霸的頭腦如果有他的拳頭一半快就好了。」這是馬玉珍的口頭禪。哼，我發現她嘴角上揚，帶著惡毒的笑意，知道她是在嘲笑我！笑吧，儘管笑吧，看看笑到最後的人會是誰。

但其實想一想，會一直跟我抬槓互動的人，班上也只有馬玉珍。

「王元霸，要不要去打球？」「要不要去福利社買汽水喝？」像這一類的對話，在學校幾乎不曾上演過。前一陣子宋謙請了幾天病假，結果那幾天我像孤魂野鬼似的一個人晃來晃去。

如果哪天我被誰拐走了，世上會有人懷念我、甚至試圖把我找回

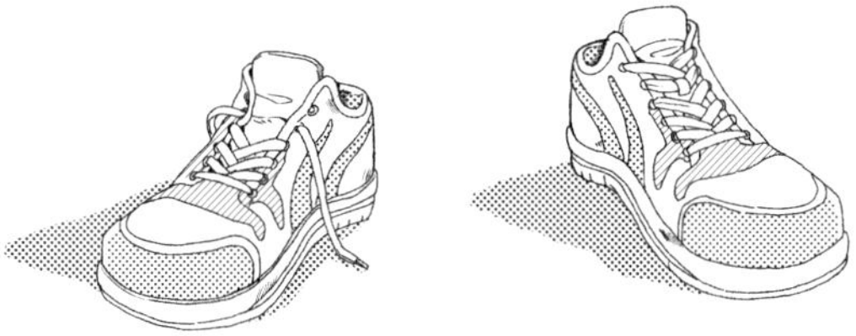

來嗎？

我知道自己人緣不好，大家都離我遠遠的，說我會霸凌別人。拜託，那是很久以前的事好嗎？我對別人動手動腳已經是一年前的事了。上一次想動手，還碰了軟釘子。

「王元霸，等一等。」我愣了一下。這是近十天以來，第一次有人在校園裡叫住我。回頭一看，居然是黃宗一，他仍然一身白上衣黑長褲，襯衫鈕釦還扣到最上面一顆，叫人看了就覺得氣悶。

「幹嘛？」

「你右腳的鞋帶鬆開了。」

「關你什麼事？」

「你這樣很不對稱，」黃宗一面無表情的說：「要嘛，你將右腳鞋帶綁緊，不然就把左腳鞋帶解開。」

我一時呆住了。換做是以前，我可能會一拳K下去。

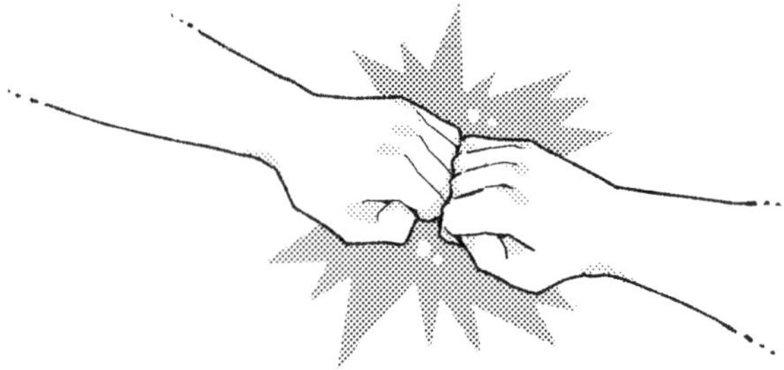

不過話說回來，上次讓我碰軟釘子、叫我出不了手的人，正是黃宗一。那時候他剛轉學過來，正經八百的穿著和講話很跩的口氣，讓我的拳頭硬了起來。當時我往他左肩拍下去，沒想到他竟能側身閃過。莫非他也學過跆拳道？

「你打我就等於我打你。」

「啊？」

「這就是反作用力。」

「拜託講人話行不行？」

這小子到底在說什麼，我一個字也沒聽懂。他個子明明矮我一截，可是講起話來理直氣壯，像個大人在教訓我似的。通常別人被我一瞪，多半嚇得「皮皮剉」，趕緊轉移視線，黃宗一反而直視著我，露出一無所懼的眼神。

我爸說過，什麼都不怕的人最不好惹。跟黃宗一同班幾個月下來，我發現他心臟超大顆，不管發生任何狀況都不會慌張。老實說，現在的我，私底下對他還滿服氣的。

「綁就綁。」我一邊說，一邊蹲下來綁鞋帶。仰望他離去的背影，我突然想通了我爸以前講的一句話：「要學著把自己擅長的事情發揮到極致。」

黃宗一對於科學知識的熱愛，足以轉換成解決問題的能力；而我從小三開始學跆拳道，是要讓自己的力氣更大，拳頭更快，要能夠快如閃電的擊敗敵人。

「你去學跆拳道吧。」

回想當年我爸這個提議，說不定讓我的一生從此改變。我爸自己開公司當老闆，為了拚事業常不在家，結果把我媽氣跑了。他把我安置在武術館，省得擔心晚上沒人在家陪我，那時候我才九歲。

上完第一堂課後，師傅對我爸說：「你兒子可能是武術奇才！」

過沒多久，我就可以和大我好幾歲的師兄對打，甚至以下對上打敗他們。我爸知道後樂歪了，他笑呵呵的說：「不會念書沒關係，至少要像男子漢一樣能打！」

我是很能打沒錯，但其實我沒那麼愛打架，說我霸凌同學根本是誤會一場。四年級的時候，有個討厭的傢伙衝著我說：「你是個沒媽媽愛的小孩。」我立刻回嗆：「我媽只是回阿嬤家住！」當他倒在地上不省人事時，我才意識到我一氣之下揮拳揍了他。

從此之後，沒人敢跟我講話，只有人找我打架，但都被我兩三下就撂倒了。我贏得「打架王」的封號，可是大家不會主動接近我。我不像方逸豐很會講笑話，也沒辦法像鄭少傑很會跟女生相處，但要我拜託別人跟我做朋友，我才不幹呢！

總之，我很努力學拳，因為師傅說：「正式比賽會有電視轉播，全世界都會看到你拿金牌！」讓我媽看到我拿金牌，然後回家和我們團聚，這就是我的心願。

・・・・・

「霸哥，要不要去天臺吹吹風？」宋謙提議。

我不喜歡宋謙幫我取的綽號，聽起來霸道又很俗氣，不過我也沒得選擇，班上沒人敢替我取綽號，也只有宋謙會拉著我去幹嘛幹嘛。有人說他是我的跟班，我倒覺得他比較像我的助理，如同我爸的祕書會幫他排定每天的行程一樣。

「走啦走啦！」宋謙慫恿著。我打了呵欠，坐在教室沒事做的確很無聊，出去透透氣也不錯。結果何文彬也來了。

我跟著他們倆的腳步往上走，樓梯盡頭是一道上鎖的鐵門。這時候輪到何文彬上場了，他只花十秒鐘就開了鎖，迎接我們的是一望無

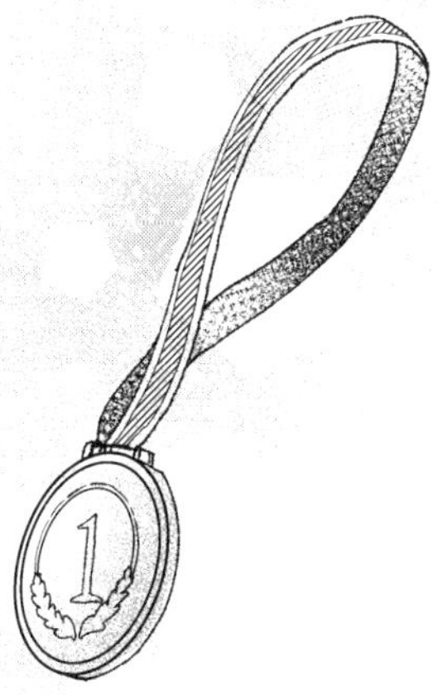

際的藍天和白雲。除了女兒牆和一間小型工具室之外，東廂樓的頂層天臺上什麼都沒有，是個放風的好地方。

「霸哥，聽說你今天放學後，要跟隔壁班的狄仁青對打？」何文彬問。

嗯，我不置可否的回了一聲。隔壁班的狄仁青不太起眼，身材中等、長相斯文，萬萬沒想到他有學詠春拳。看來他很低調，可能是不好惹的對手。

「他們這次交手，是我從中牽線，」宋謙得意洋洋的說：「我就不信詠春拳打得過跆拳道。」

宋謙是很雞婆，但我也想知道詠春拳能否擋得住跆拳道。

「霸哥，你這幾年打過幾次架？」何文彬又問。

「兩年來六次，」宋謙搶著說：「但最近半年一次也沒有。」

其實打架很無趣。兩年前我第一次找人打架，那時候是想驗收

學拳的成果，結果那個六年級生被我秒殺打趴。後來找我單挑的人全是大個子，身材是很魁梧啦，但都亂打一通，全身盡是破綻，哪有可能打得過攻守有序的我。

「霸哥穩贏的啦，」何文彬說：「狄仁青的拳法一定很爛，所以才不敢讓人知道他會打詠春拳。」

我突然想起黃宗一講的那句話：「你打我就等於我打你。」換個角度想，我打敗別人就等於別人打敗我？這說得通嗎？我明明打贏了，到底敗在哪裡？難不成打架給人凶狠的印

象，所以沒人敢接近我，害我交不到朋友……是這樣嗎？

・ ● ● ● ・

咚，咚咚，咚咚咚咚咚……宋謙握著木條在敲便當盒。錢若娟在翻閱國語日報。卓伯康在A4紙上畫圖。姚夢萱還在吃午餐，桌上擺著一瓶羊奶。

自從「那個」事件之後，午休時間有時候很冷清，大家各做各的，沒有人大聲講話聊天，班上的氣氛變得不太一樣。沒想到沉默安靜的班長不在了，竟會造成這麼大的影響。

「狄仁青，你怎麼了？」宋謙的聲音響起。我轉頭一看，狄仁青正走進我們班教室，令人意外的是，他的左前臂打上石膏，並用三角巾懸吊在胸前。他走到我位置的右後方停下來。

「你骨折了？」錢若娟問。

狄仁青只是搖頭苦笑。

「真的假的？」宋謙問：「該不會是不敢打就耍賤招，假裝骨折吧？」

「只是一隻手不能用而已，」狄仁青說：「我照打不誤。」

真的能打嗎？電影裡面的葉問可以一打十，難道狄仁青也有這種能耐？

「別硬撐了，」宋謙說：「你就算四肢健全都打不過我們霸哥，更何況你的左手骨折了。」

狄仁青二話不說，借了宋謙的木條和錢若娟的國語日報。他把五十幾公分長的木條放在趙凱昱的桌上，其中一半突出桌沿而懸空，另一半則用報紙蓋住。

「我可以用手刀將木條劈成兩半，」他看著我說：「你行嗎？」

笑話，我當然辦得到，但前提是我的另一隻手必須壓住桌上的木條。只用報紙蓋住，我一使勁往下劈，木條會彈飛的。

看我沒回應，狄仁青以手為刀往下劈，喀嚓一聲，木條斷成兩截！

「詠春拳果然名不虛傳！」卓伯康拍手叫好。我也很驚訝，原來詠春拳這麼厲害，能以柔克剛。

狄仁青走向姚夢萱，彬彬有禮的對她說：「借一下你這瓶羊奶，」接著回頭拿了卓伯康桌上的白紙，隨即對摺、對摺再對摺，把一張A4紙摺成和健保卡一樣大的尺寸。

「不用開瓶器，」他對姚夢萱說：「我照樣可以為你服務。」

他用那張縮小版的白紙抵住瓶蓋，只聽啵的一聲，金屬瓶蓋被橇開了。「怎麼可能？」「太強了！」……目睹這一切的同學紛紛發出讚歎聲。嗯，紙這麼柔軟卻可以開瓶，可見得詠春拳的確不簡單。

宋謙瞥了我一眼，大概不曉得要做何反應。我正要開口講話，隔壁班的莊杏兒和周彥宇突然跑進來。

「就是他拿的。」周彥宇指著狄仁青。

「真的是你拿的？」莊杏兒問。

「我不懂你們在說什麼。」狄仁青說。

「她的項鍊不見了，」周彥宇說：「你敢讓我搜身嗎？」

狄仁青高舉右手，做了一個請便的動作。周彥宇伸手探入狄仁青褲子的左側口袋，掏出來之後手一攤，掌心上面是一條項鍊。

「人贓俱獲，你還有什麼話說？」

「不可能，」狄仁青露出一頭霧水的表情：「我沒碰過那個東西。」

「就是你偷的，」周彥宇說：「我親眼看見了。」

狄仁青的臉色很難看。我跟他一點也不熟，但不知為何，我總覺得哪裡不對勁。我的目光投向黃宗一，正好跟他對上了眼。他停頓了一秒鐘，隨後站起來發言。

「他可能是騙子，但不是小偷。」

「啊？」宋謙說：「騙子和小偷不是差不多？」

黃宗一沒答腔，逕自拿走他的另一根木條，接著走到趙凱昱的桌前，重現木條一半懸空、另一半用報紙蓋住的擺設。他舉起右手，以手刀之勢往下劈，木條應聲斷成兩半！黃宗一也會詠春拳？

「這個手法只是運用了大氣壓力而已，」科學怪探現身了：「報紙一鋪上去，緊貼桌面後，大氣壓力壓在整張報紙上，等於有人幫你壓住木條，這時候用力一劈，自然可以劈斷木條。」

「啊？就這麼簡單？」宋謙說：「這跟有沒有練詠春拳根本完全無關嘛。」

黃宗一還是沒理他，卻從高勝遠桌上拿走玻璃瓶裝的芬達汽水，再抓著那張摺疊成健保卡大小的A4紙抵住瓶蓋。

「雖然紙又薄又軟，但摺了那麼多層就變硬了，只要運用槓桿原理，將白紙抵住瓶蓋，把瓶蓋當做受力點，握住瓶口的左手手指當支點，拿白紙的右手則是施力點……」

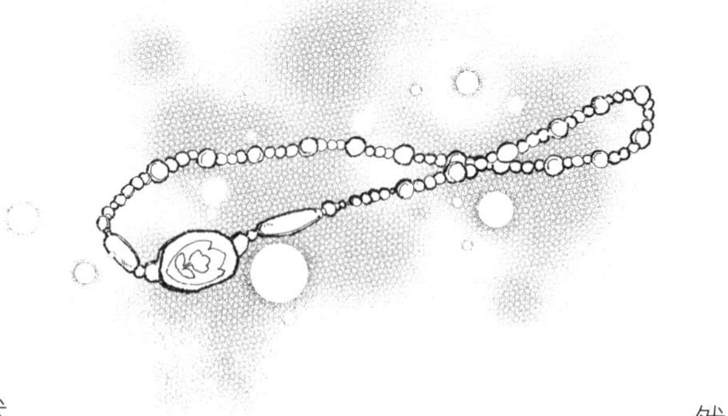

只見他右手將白紙朝上一頂，金屬瓶蓋隨即噴飛，全場頓時譁然，甚至有幾個同學鼓掌叫好。

「就這麼簡單。」

「偷項鍊的部分呢？」邱政問。

「你還沒看出來嗎？」

「看出什麼？」

黃宗一沒回話，隋雲接腔了。

「右手拿著鑰匙要放進口袋，」她說：「你會怎麼做？」

「就這麼做啊！」邱政的右手探入右邊口袋。

「你會將右手放到左邊口袋嗎？」

「我頭殼壞掉才會這麼做，這多彆扭啊，」他張嘴怔住，露出恍然大悟的表情：「狄仁青左手骨折了，他不可能……」

「可是，周彥宇說他看到了……」莊杏兒插嘴道。

「所以他說謊。」隋雲說。

周彥宇唰的一臉慘白。莊杏兒默默的盯著他，然後低頭對狄仁青說：「對不起，誤會你了。」隨即轉身走開。周彥宇趕緊追了過去。

「這到底怎麼回事？」狄仁青問。

「周彥宇手中藏著莊杏兒的項鍊，」隋雲說：「先伸入你左邊口袋，然後再掏出來，看起來就像是從你口袋裡拿出項鍊。」

對嘛，我就覺得哪裡怪怪的，原來是這樣移花接木。只是周彥宇幹嘛這樣做？男生女生之間的事我實在想不透。

「原來如此，」狄仁青笑了：「你和黃宗一果然厲害，騙人把戲都瞞不過你們的眼睛。」

他轉身對我說：「今天的比武較量……」

「等你好了再比。」我回答。

「我還以為你會說『那就是你輸了，誰叫你要骨折』，」馬玉珍瞬大眼睛說：「沒想到你居然講了人話。」
我到底講了什麼人話？不過，狄仁青似乎也很驚訝。
「你沒有傳聞中那麼霸道不講理，」他邊說邊揮揮手，走到教室門口時突然留步轉身：「對了，你們班長失蹤的前一天，跟志雄老師講話講了很久。」
「真的嗎？他們在講什麼？」錢若娟和鄭少傑不約而同的問。
「我沒聽見，只看到他們拉拉扯扯。」
「快去報告玉茹老師。」余唯心和廖宏翔起身要往外衝了。
「等一下。」黃宗一勸阻他們。
「別輕舉妄動。」隋雲也說。
我注意到他們倆交換了眼神。
「我要幫忙。」我脫口說出。
「好。」黃宗一答得真乾脆。

「要幫什麼？」宋謙問。

他不懂，我懂。不必多說什麼，三言兩語就能了解彼此的心意，這種感覺真是太爽了。我幫你就等於你幫我，至少這個道理我明白了；要別人接住你的手，起碼你要先伸出手來。

或許，我不再是孤伶伶一個人了。

真相需要科學證據！

再試試一個實驗。水杯裡裝滿水後覆蓋紙張，一手拿著水杯一手壓著杯口的紙張，將水杯反轉並放開紙張。杯內的水並不會流出，彷彿將紙張吸住了，但原因其實是大氣壓力抵擋了水的重量。這個水杯可以有多高，而實驗仍能夠成功呢？理論上大概是 10 公尺、三層樓高！

水杯裝滿水，杯口平放紙張。然後一手拿水杯，一手蓋在紙上，將水杯反轉。

放開紙上的手，體驗大氣壓力的神奇。

空氣看不見、摸不著，再加上我們打從一出生就生活在大氣層中，早已習以為常，實在很難感受到來自大氣的壓力。不過若能潛水到水深約 10 公尺處，這裡的水壓約為一大氣壓，大概就能有所體會。

科學眼 氣壓的單位為 atm，海平面上的平均氣壓約為 1 atm，水深 1000 公分的水壓大致等於一大氣壓。

破案之鑰

大氣壓力很強大嗎？

口說無憑，直接來回顧一下前人所做的實驗。

想像有兩個銅製半球，直徑 36 公分。讓半球相對，中間襯一圈馬皮，然後彼此緊靠成一個球形，再抽掉球內空氣。這時如果放開兩個半球，會發生什麼事？它們會保持相連，不分開，彷彿有個力道將半球推擠在一起。

如果想將半球分開，要施加多大的力量呢？根據三百多年前，德國物理學家格里克的實驗，這兩個半球左右各需要 8 匹馬才拉得開，也就是共 16 匹馬的力量！如果球內空氣抽得更乾淨，甚至需要多達 24 匹馬才拉得開。這就是知名的「馬德堡半球實驗」，證明大氣壓力的強大！

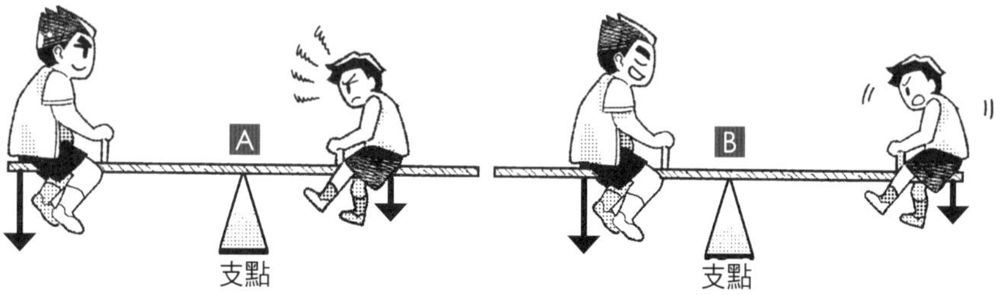
A
支點
B
支點

平衡？目標是：**施力 × 施力臂＝抗力 × 抗力臂**。

試著假設左右兩人的體重，和他們與支點之間的距離，並且計算看看。多試幾次來驗證自己的推論。

在運用槓桿時，支點的位置、槓桿的長度、施力臂與抗力臂的比例都是可以調整的。藉由這樣的調整，就能以小搏大，即使施力有限，也能夠撐起巨大的重量！阿基米德當然也就能撐起地球——只要他找得到支點和槓桿！

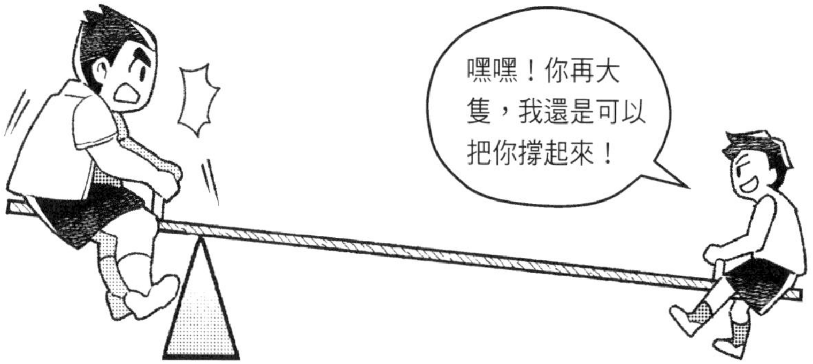
嘿嘿！你再大隻，我還是可以把你撐起來！

科學眼 只要「施力 × 施力臂」能夠大於「抗力 × 抗力臂」，再重的東西都能撐起來。

破案之鑰

槓桿也很強大嗎？

沒錯！阿基米德曾說：「給我一個支點，我就能把地球撐起來！」其實就連更大更重的木星、土星，他應該也都撐得起來，這是因為有槓桿。簡單來說，槓桿是放在支點上的桿子，可繞著支點旋轉。只要能分辨施力、抗力、支點，以及施力點和抗力點與支點的距離，就能運用。

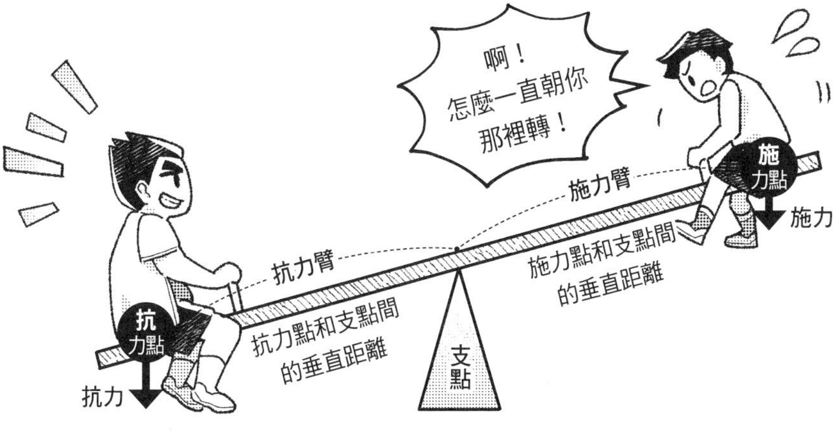

當「施力 x 施力臂」與「抗力 x 抗力臂」相等，槓桿即達成平衡，否則會朝數值大的方向旋轉，這就是槓桿原理。槓桿的運用由來已久，生活中也常可見到槓桿的應用，像是翹翹板、剪刀、自行車的踩踏……

想想看，右頁上方的兩人在 A 或 B 的狀況下可達成

第三話 投機取巧的鎖匠

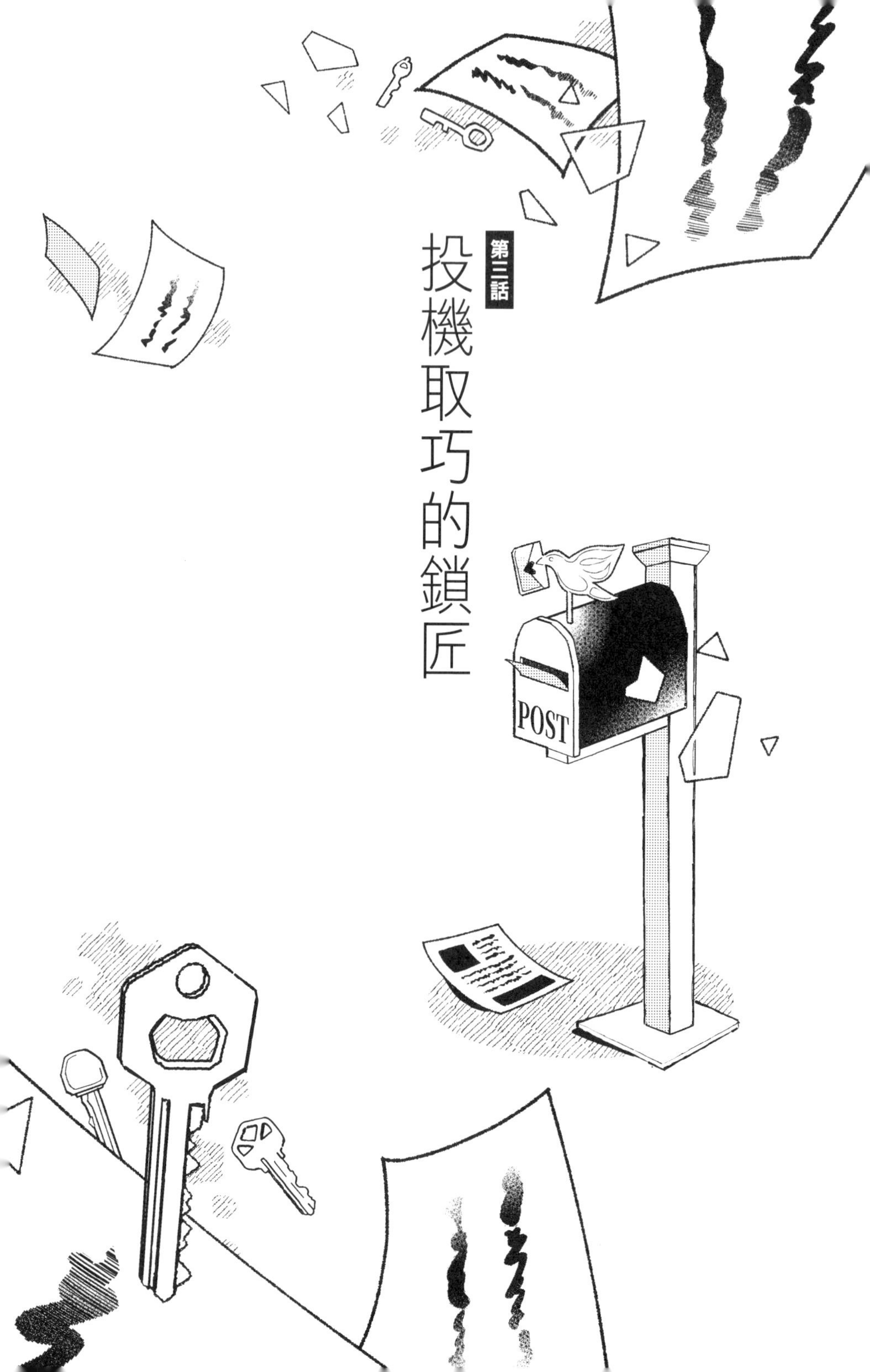

人有很多種：男人、女人、好人、壞人、富人、窮人……

信箱也有很多種：木頭做的、鐵製的、沒鎖的、有加鎖的、落單的、公寓蜂巢式的……

但若把事情簡化，其實只有兩種而已：打得開的信箱，以及打不開的信箱。眼前這個信箱沒加裝防盜鎖，上面只有一道溝槽，但溝槽內擠爆了垃圾郵件，我的宣傳單根本塞不進去。也就是說，這個信箱跟打不開的信箱沒啥兩樣。

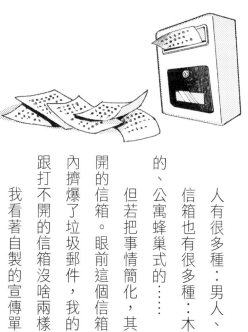

我看著自製的宣傳單歎了口氣，上面寫了幾個大字：

世上沒有打不開的鎖

請洽詢何先生0936-209-×××

我自認這個文宣很酷，用字簡單扼要，訊息清楚明白：想要開鎖，找我就對了！我故意不寫我的名字，因為「先生」這兩個字有神祕的效果，給人家一種專業的感覺。

這份自製傳單只有十幾個字，即便如此，抄寫兩百張仍然花掉我不少時間。唉，我哪有錢去影印兩百份，只能自己動手寫。但只要有生意上門，謄寫再多份也值得。

有人跟我說，機會要自己去爭取，但我媽不這麼認為，她覺得機會是留給有財力的人，所以像我們家沒錢，就很難有出頭天。但我不想認輸，所以自製宣傳單，挨家挨戶去投信箱，藉此招攬生意，企圖創造屬於我自己的機會。

在這過程中，我發現一件事，根據信箱材質或郵件內容，譬如信用卡消費的帳單、某店家寄來的廣告目錄或會員卡，可以粗估這個住戶的財力等級。此外，被垃圾郵件塞滿的信箱，意味著住戶時常不在家，想必闖空門被逮的機率很低……如果列出一份家中時常無人的名冊，再轉賣給竊盜集團，絕對可以發一筆小財……

我在上學途中邊走邊投遞傳單。轉了個彎後，來到當地首富「周董」的豪宅。前方的信箱我完全沒轍，它的位置太高，即便我踮腳尖又伸長手臂，依然高攀不上。眼前兩片閃亮亮的超大木門據說要價好幾百萬。媽呀，好幾百萬是什麼概念？光是這兩片門就比我家貴很多，那個要我抬頭仰望的信箱也絕對不便宜……

咦，坐在階梯上的男生是在玩電動嗎？我忍不住朝著叮叮咚咚的音效聲前進。

「這不就是最新款的掌上型遊戲機？」我發出讚歎：「聽說本週才剛上市，經銷商只引進十臺！」

「我可是拜託了老半天，我爸才終於說OK。」

臭小子，跟我講話頭也不抬，只顧著和螢幕中的敵人廝殺。

「真的可以連接到電腦或電視螢幕上玩嗎？」

「廢話，」他回答我，手指頭的動作可沒慢下來：「不然怎麼會那麼貴。」

呃喔，他沒躲過一拳，遊戲機裡的角色隨即被亂棍打趴，這下子Game Over。他轉頭瞪著我。

「你誰啊？幹嘛找我講話，都是你害我輸了。」

什麼態度，把我當佣人啊！這小子是四年三班的周金鑫，周董的寶貝兒子，又稱養尊處優的周公子、要什麼有什麼的周少爺。有錢人到底在想什麼？幹嘛幫兒子取這麼俗氣的名字？四個金吔！他們家最不缺的就是金錢啊！

「喂，你真的很沒禮貌欸，」我板起臉孔：「我大你兩屆，你應該要叫我哥或是……」我挺起胸膛：「學長。」

他一臉狐疑。這也難怪啦，誰叫我身高才一百四十公分，連這個四年級小鬼都高我幾公分。他瞄到我上衣繡著「六年一班」的字樣，表情才緩和下來。

「遊戲機要帶去學校玩嘛，」見他沒反應，我又說：「好東西要跟好朋友分享。這我最清楚的啦，你的同學一定都很期待看到它，想摸摸它，甚至拿它來玩一下。」

「對啊，有好幾個人已經跟我預約了，我答應他們每個人可以玩五分鐘。」

五分鐘能玩什麼？這就像給你一根冰棒，卻說只能嚐一口就要收回去。

「你們可要小心喔，絕不能讓你們班導奕霖老師當場逮到。」我雙掌對拍，露出靈光一閃的神情：「我想到了，你們班導最喜歡抽查書包，只要不把遊戲機放在書包裡……」我的視線垂落在地上那只保溫便當袋：「可以藏在便當盒下面，奕霖老師絕對不會檢查那裡。」

「太好了，謝謝……」他遲疑了一下：「謝謝你的建議。這樣就沒問題了。」

一輛加長型黑色轎車停在超大木門前方，周金鑫站起來，迅速爬上車子，關門前跟我說了聲再見。轎車揚長而去。

哼，這小子真不會做人，不確定要叫我哥或學長也就罷了，居然也沒想到要送我一程。讓我搭便車又不會少塊肉，我們明明要去同一所學校啊。真是的，有機會一定要好好教訓他一下。

進校門時，奕霖老師正好在右前方。啊哈，機會來了。我朝老師小跑步過去。

這樣就沒問題了……是嗎？你想得美，周金鑫，很快你就會知道問題可大的咧。

走進教室，立刻碰上討厭鬼章均亞。

「何文彬，你的紙袋裝了什麼？該不會又是你的宣傳單吧？」

「要你管，反正不是在宣傳你妄想中的個人專輯。」

「你真的相信光靠那些鬼畫符的白紙，就會有人打電話找你開鎖？」

「章均亞，這你就不懂了，」宋謙突然打岔：「每張白紙都是何文彬精心製作的名片。我爸說，名片代表你在社會上擁有的地位。」

「所以咧？」

「所以他可是我們班第一個擁有名片的人啊。」

宋謙一說完馬上哈哈大笑。這傢伙實在很可惡，表面上像是幫我講話，暗地裡卻在諷刺我。章均亞冷不防的伸手搶走我的手提紙袋。

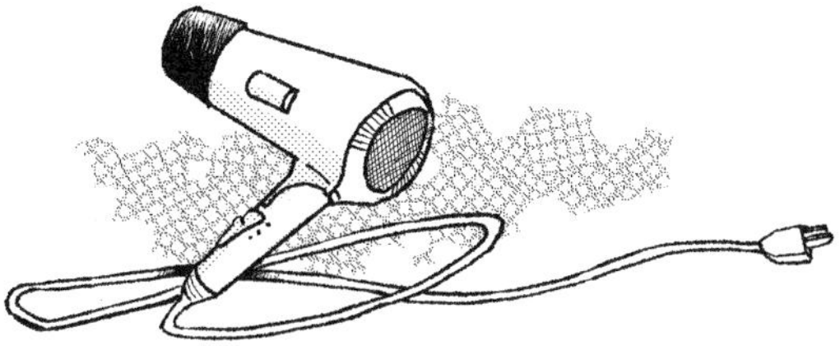

「你的名片發完了嘛，」她從紙袋裡抽出一支吹風機：「這是要幹嘛？」

「用來吹乾名片上的原子筆墨水，」邱政說。這小子也很討人厭，最愛扮演偵探玩推理遊戲，但每次都錯得一塌糊塗，總是被黃宗一和隋雲打臉。

說起那吹風機，都是我媽啦，她把吹風機從上班的地方帶回家，卻不好意思自己拿回去歸還，就叫我下課後帶去美容院。哼，我才沒有用它吹乾墨水！

「大家聽我說，」錢若娟的發言引起全場注意：「等一下上體育課，我們依照計畫行事，只要出現適當的時機，大家要不露痕跡的試探志雄老師對班長失蹤的感想。」

「要怎麼試探？」余唯心問。

「譬如問他跟班長熟不熟，對於班長失蹤會不會難過，」錢若娟停頓一下：「或是問他有沒有看過班長跟誰在一起。」

「問這些要做什麼？」王元霸問。

「看他的反應，注意他臉上的神情，如果他說謊，表情可能會怪怪的。」

「說起來容易，」鄭少傑說：「做起來很難吔！」

「大家盡力而為就好，」錢若娟說：「我也會設法不動聲色的試探他。」錢若娟是條女漢子，給人家的感覺很可靠，而且她從來不找我麻煩。但我對劉孟華人在哪裡一點興趣也沒有，那不關我的事。

我望著窗外，有朵烏雲慢慢的飄過來。今天不會下雨吧？我沒帶傘，唯一的球鞋要是淋濕了可就頭大了……想想真是可恨，有的人可以無憂無慮的玩最新款遊戲機，我卻得為一雙雜牌球鞋傷腦筋。

「我今天沒辦法上體育課，」我舉手說：「我小腿拉傷了，走路會痛。」

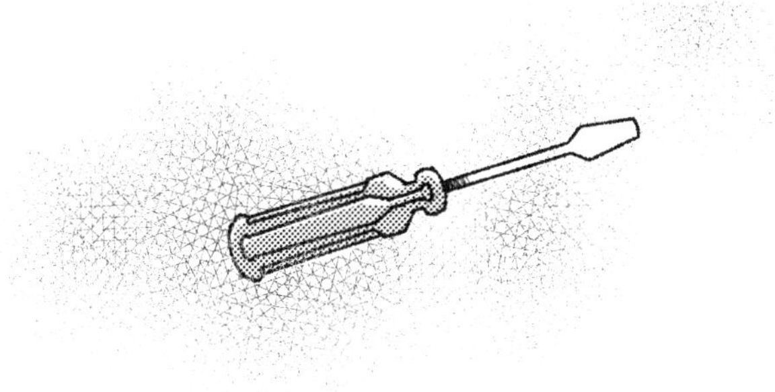

「我會跟志雄老師報告，」錢若娟說：「你就待在教室休息。」

她真的相信我喔？害我有點小小的罪惡感。大家紛紛穿上球鞋和體育服，廖宏翔還從上次卡激凍留下的冰桶裡，拿出一瓶罐裝可樂敷臉，接著又放回去，八成是打算上完體育課要喝的。

我目送他們走出教室，默念到一百，然後下樓走東廂樓後面的小徑，再繞路前往教職員辦公室，完全避開操場。現在是上課中，沿途沒遇見任何人。我從後門溜進教職員辦公室，裡面只有一位老師坐鎮，不過他的位置是在前門附近，離我有點遠。

我靜悄悄的溜到奕霖老師的辦公桌前面，抽屜沒上鎖，一拉就開，遊戲機果然在裡頭。我用螺絲起子掀開遊戲機的底板，然後在主機板上戳了幾下，這下遊戲機應該玩不了了。

轟！突然響起一陣雷聲，嚇了我一跳，前門那端的老師還是沒發現我的存在，幸好，只差最後一件事……

一溜出辦公室，我頓時傻眼，外面下起了雨。我脱掉球鞋，用衣服覆蓋住，打赤腳飛也似的衝回教室。我的上衣濕了，褲子倒是還好。怎麼辦？他們十分鐘之內就會回來，到時候會有人懷疑我衣服怎麼濕濕的，那可就穿幫了。對了，還有那一招呀！我趕緊展開行動……

六分鐘過後，一切搞定，我真是太佩服自己了，這麼快就想出解決之道。我拿出冰桶裡的可樂喝，味道真棒，真是太痛快了，呵呵呵……就在這時候，方逸豐走了進來，其他同學也陸續回到教室，每個人身上多少都被雨水淋濕了。

「我桌上的水漬是你弄的嗎？」許佳盈瞪著我問。

「與我無關。」

「騙人，明明就是你，你桌上的可樂有水珠往下滴。」

媽呀，真衰，被逮到了。

「你怎麼拿我的可樂喝！」廖宏翔氣呼呼的說。

「好東西要跟好朋友分享，」我說：「見者有分嘛。」

「我一走，你就把可樂拿出來喝？」

「不然咧？手快就有，手慢就沒有。」

「你這是小偷的行為……」

我正要回嗆，半路殺出另一個傢伙。

「是你搞的鬼！」

是周金鑫，他來找碴了。

「知道我把遊戲機藏在便當盒下面的只有你，」他怒氣沖沖的

說：「是你跟奕霖老師告密！」

「是他自己找到的，跟我無關喔。」

「老師說那遊戲機壞了，你知道他會沒收我的遊戲機，一定是你去開他的抽屜搞鬼！」

「過去三十分鐘我都待這裡沒外出喔，」我笑嘻嘻的說：「如果是我搞的鬼，我的衣服絕對會被雨淋濕，可是你看，我全身都是乾的，」我起身轉了個圈：「這表示我有不在場證明，全班同學都是我的證人。」

他當場啞口無言，不過我最擔心的人出聲了。

「我不當你的證人，」黃宗一說：「你的不在場證明有漏洞。」

「什麼漏洞？」

「你用了某種方法瞞天過海。」

「什麼方法？你說說看啊！」

我擺出強硬的態度，但口氣有點心虛。難不成黃宗一已經識破我的手法了？只見他拿起我的紙袋，取出吹風機，將他換下的濕衣服放入袋子裡，一手束緊袋口，一手拿吹風機對著袋內吹。一會兒後，他再把吹風機拿出來，朝著袋口平吹。在轟轟響的噪音中，不消幾分鐘，那件濕衣服已經完全乾了。

「怎麼可能？」邱政問。

「紙袋加吹風機，可以組成小型烘衣機，」黃宗一說：「原理很簡單，吹熱紙袋裡的空氣，可以加速衣服上的水氣蒸發，水蒸氣會被紙袋吸收，經由毛細現象而散出紙袋。」

我看到王元霸一臉蠢樣，他嘴巴微張，但什麼也沒說。

「接著將吹風機朝著袋口平吹，這會使袋口附近的空氣壓力比袋內低，袋內空氣便會朝袋口流出，連帶把水氣帶出來，使得衣服迅速變乾。」

黃宗一，我真是服了你。我只知道這種生活小妙招，卻不懂原理，但我不能認輸，必須硬拗下去。

「你講了這麼多，還是沒有證據可以指控我曾經溜出教室。」

「其實有。」

糟了，第二個我希望千萬別開口的人也講話了。

「廖宏翔的可樂罐就是證據。」隋雲說。

「我承認我拿別人的可樂喝，」我說：「但不能誣賴我破壞這小鬼的遊戲機。」

「我們一離開，你就把可樂拿出來喝了？」隋雲問。

「對啊。」

「沒騙人？」

「這種事有什麼好騙的。」

「那就怪了，冰冷的可樂罐遇上空氣中的水蒸氣，會使水蒸氣凝結而出現水珠，然而過了一段時間後，水珠會吸收周遭的熱，再度蒸發為水蒸氣。」

「所以咧？」大事不妙，我被兩個科學偵探夾攻！

「從冰桶取出的可樂罐放在室溫下三十分鐘，按理說不該還有水珠在滴……除非你是不久前才拿出來。」

「這三十分鐘你在幹嘛？是不是真的溜去辦公室搞鬼？」邱政逼問我。我無話可說。早知道就不要喝廖宏翔的可樂，耍什麼帥嘛。這就叫做走錯一步，滿盤皆輸。但只要我使出三不政策──不認罪、不知道、不記得──他們也奈何不了我。

「幹嘛不偷走遊戲機就好？至少還可以拿來玩。」宋謙說。

這你就不懂了。偷走它又能怎樣？沒有人會相信那是屬於我的東西，我也不能在家裡玩，我媽發現了會把我打死。既然我不能玩，大家也都不能玩！

我摸了摸褲袋裡的東西。哼，表面上你們可得意了，但我才是最後的贏家。我褲袋裡的東西是塊黏土，上面印著鑰匙溝槽的模子。志雄老師的座位就在奕霖老師旁邊，我溜去辦公室時，趁機打開志雄老師的抽屜，用黏土複製了他的鑰匙。只要打造出他家的鑰匙，我就可以偷偷進去找線索，搞不好會比黃宗一和隋雲早一步查出班長的下落，到時候我就是破案英雄。

有人問過我是哪種人。或許我不是什麼好人，但我可以很肯定的說，我想當個主動出擊、創造機會的人。這就是我！

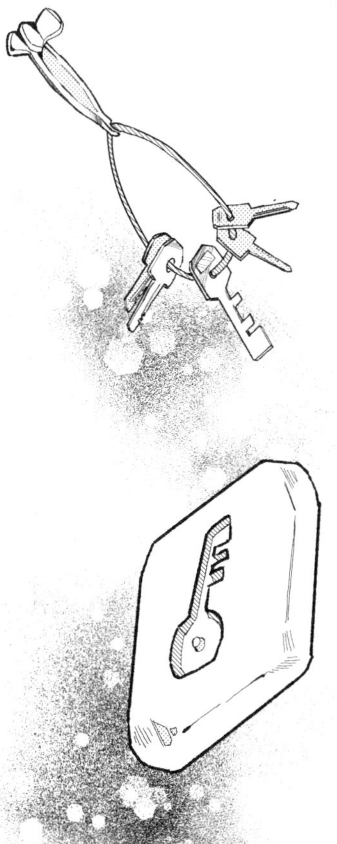

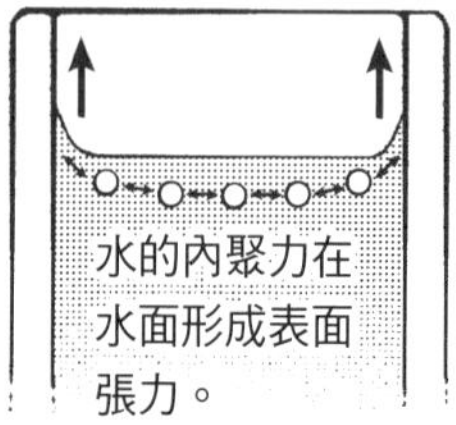
附著力將水分子往管壁的方向拉，使水面向上彎曲。
向上的力將水面往上拉，使水柱上升。
水的內聚力在水面形成表面張力。

這種現象會形成一股向上的力，把水面往上拉。如果把玻璃水杯換成玻璃管，下方置入水盆中，讓水可從管下流入，則可觀察到水面往上爬升。但水面愈高，水柱愈重，最後會與向上的力抵消，於是停止上升。請想想看，是粗管內的水柱容易拉高，還是細管內的呢？

應該是這樣吧！

毛細管愈細，水傳遞得愈高愈遠。許多地方都可觀察到毛細現象，如毛巾、紙巾的纖維中具有許多毛細管，吸水效果良好；土壤孔隙形成的毛細管可以導水，蠟燭燭芯可以導蠟；眼淚能不斷流出，也和淚腺的毛細現象有關！

科學眼 毛細管愈細，毛細現象愈明顯。毛細管內的液體可能爬升，但也可能下降。

破案之鑰

毛細現象是什麼？

毛細現象又叫「毛細管」現象，顧名思義，和細細長長的管子有關。想理解這個現象，請先在玻璃杯中倒水並觀察水面，會發現水面和玻璃交界的地方微微往上。

這是為什麼？難道有一股莫名的力量將水往上拉？沒錯！這件事可由「分子之間的力」來理解。

水由水分子組成，水分子之間有股作用力可讓水分子凝聚在一起，叫內聚力，並可在水面形成表面張力。但水分子和玻璃分子之間也有作用力，讓水可附著在玻璃上，這股力量是附著力。由於水和玻璃之間的附著力，比水分子之間的內聚力要大，所以會把水往玻璃的方向拉，因此水面周圍與玻璃交界的地方，會比水面中間來得高，從側面看起來，就像一個往上的彎角。

真相需要科學證據！

回到吹風機和紙袋。當吹風機對著袋口平吹，袋口附近的空氣會快速流動使氣壓變低，空氣於是由袋內朝袋口流動，連帶帶出水氣。利用下面的實驗可進一步驗證。

準備吹風機、乒乓球、膠帶、卡紙、釘書機、剪刀，製作以下的T型管，管子粗細要比乒乓球的直徑寬：

長管約 50 公分，中間剪一個和管口差不多大小的洞
短管約 20 公分，一端剪成圓弧，接在長管的洞口上
將長短管組合成T型，接口處用膠帶黏緊，不可漏風。
砰！

將組合好的T型管平放在桌面以膠帶固定，吹風機由長管一端吹氣，並由短管管口輕輕放入乒乓球，會發生什麼事呢？把長管想像成紙袋口上方，短管像紙袋，空氣會如何流動？水氣會由袋中流出嗎？動動手也動動腦吧！

科學眼 空氣會由壓力高的地方流向壓力低的地方。

破案之鑰

吹風機對著袋口平吹，為什麼能讓空氣流出？

空氣的流動會影響氣壓的大小。流動速度快，壓力小；流動速度慢，壓力大。什麼意思呢？先試試一個實驗，剪兩條長紙片，一手拿一張垂直放在面前，讓紙張相對並相隔一段距離，然後對著紙張中間吹氣，會發現紙張並未因為吹氣而分開，反而彼此靠近！

呼～
實驗成功！兩張紙朝彼此靠近的角度還算對稱！

這是因為吹氣讓紙張之間的空氣快速流動，氣壓變得比周圍小，因此帶動紙張往中間移動。

回想一下，在月台上等車時，當列車快速過站不停，常會感受到一股吸力將人往月台邊拉，正是因為列車帶動空氣急速流動，使氣壓變低，所以人會像紙片一樣往列車的方向靠近，但列車重量大，並不因此移動。

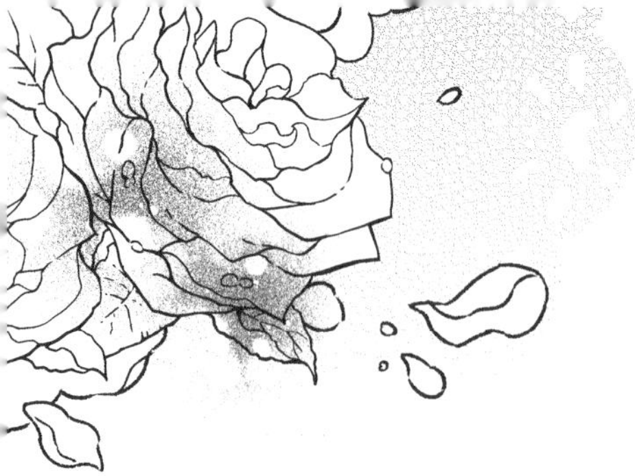

第四話 校花的煩惱

我最討厭聽到「夢萱，你長得好正」這句話。女神、美少女，這些綽號我統統不喜歡，可是我不敢說出口。

我媽說我從小人見人愛，街坊鄰居的叔叔阿姨最喜歡抱著我，捏我的臉頰說「你好可愛喔」。我很不喜歡這樣，皮膚再怎麼粉嫩，一直捏也會痛的好嗎？

上了小學、逐漸懂事之後，我會有技巧的迴避他們伸來的雙手。升上五年級後，我對於被別人觸碰身體很反感，也不喜歡被那些叔叔伯伯盯著看，那種眼神給我一種……不曉得怎麼形容，反正很不舒服就是了。余唯心說因為我是校花，長得又像搪瓷娃娃，大家會盯著我看很正常。章均亞還說，如果她有我一半漂亮，做夢也會笑。但我寧可不要當校花，也不想成為眾人目光的焦點。

我媽說：「人會老，所以漂亮並不重要，聰明和能幹才是女人最需要的本錢。」但我發現來搭訕的人，尤其是大人，似乎都是衝著我的長相而來。這讓我不禁懷疑朋友是否只看重我的外表，並不在乎我心裡想什麼。有了這層顧慮，我也就盡量不找人幫忙，凡事試著自己解決。然而最近發生的事件，卻叫我不得不向唯一信任的人求助。

・・・・・

「這什麼？」鄭少傑問：「恐嚇信？」

他放下棒球，打開一張白紙，上面的內容不是用筆寫的，而是從報章雜誌剪貼拼湊而成，字體有大有小、粗細各有不同，顏色更是五彩繽紛，叫人看得眼花撩亂：

若不遵從命運的安排，三天之後，即將降臨的天譴會要你好看。

「會不會是惡作劇？」我問。

「很難說，」鄭少傑想了一下才回答：「什麼時候收到的？」

「昨天我放學回到家，在信箱裡看到的。」

「你爸媽怎麼說？」

「我還沒拿給他們看。」

「為什麼？」

「餐館的生意已經夠忙了，我不想增添他們的困擾。」

鄭少傑高舉那張紙，透著天光檢視。

「好像沒有暗藏密碼，」他停

頓一下：「你想要自己解決？」

我點點頭。他沉思片刻。

「後天是星期六，你會去餐館幫忙？」

「對。」

「命運……天譴……」他喃喃自語：「你們家有跟別人結仇嗎？」

「沒有，」但我突然又想到：「啊，我爸有欠人家錢，去年臨時需要資金周轉。」

「會不會是還不了錢，所以找你們麻煩？」

我搖搖頭，完全沒概念。

「有考慮報警嗎？」

「萬一什麼事都沒發生，那豈不是很糗？」

鄭少傑若有所思的看著我。

「星期六我去你們店裡幫忙調查，」他把那張紙還給我：「但我突然拜訪，會不會很奇怪？」

我想了一下。有了。

「我媽那天要回阿嬤家，餐館會很忙。我就說你是我同學，來打工賺零用錢的。」

「好主意，」他伸手拍拍我的肩膀：「放心，我會想辦法的。」

有他這麼一句話，我的心情篤定多了。

• ● ● ● •

週六上午十點半，我和爸爸去開店時，鄭少傑已經在門口等候。沒想到竟然來了一群人，其中還包含黃宗一。我把鄭少傑拉到一旁問個究竟。

「不好意思，是我自作主張，」他小聲說：「這件事需要找幫手才行，所以我聯絡了錢老大。錢老大一口答應，還尋求黃宗一協助，然後黃宗一提議找王元霸，王元霸又找了邱政，就變成這樣了。」

他們是真心來幫忙，還是來湊熱鬧？但看他們排桌椅、擺餐具，神情很專注，邱政和王元霸到處察看，很像卡通裡四處嗅聞的獵犬。黃宗一還是一副撲克臉。

「廚房有好幾臺壓力鍋。」黃宗一走過來說。

「我爸一口氣買了三臺，說要同時燉飯、燉菜才來得及供餐。」

現場雖然少了我媽，卻多了五名生力軍。我爸獨力在廚房料理食物，十五坪大的外場由我們六個人負責接待、點餐、送單給廚房、上菜，以及收拾桌面和剩菜、結帳、清洗餐具等善後工作。一開始每個人都戰戰兢兢，然而過了一個鐘頭後，大家對整個流程已逐漸上手，就沒那麼緊張了。

我剛送走一組客人，正用抹布擦桌子時，耳邊傳來王元霸的聲音：「你的動作很熟練。」

「我週末都會來幫忙。」

咕嚕。我聽見王元霸的肚子在叫，他臉紅了。

「我請我爸幫你弄點吃的。」

「不用，」他轉身走開：「下班後才可以吃。」

咦，我頗感意外，原來王元霸這個人滿講理的。我一抬眼，看見邱政走過來。

「窗外有人鬼鬼祟祟。」他說。

我轉頭一看，的確有人在探頭探腦。

「認識嗎？」

我才剛搖頭，窗外那個人突然開門進來，而且直接走到我面前，然後伸手探入外套口袋。我嚇得全身緊繃，要給我好看的就是他嗎？

王元霸反應迅速，瞬間已從對方背後環扣那個人的雙肩。

「你要幹嘛？」那人喊叫。

「你才想要幹嘛？」王元霸逼問。

「我只是要送花給她！」

王元霸從對方口袋掏出一小束花朵。

「請你跟我做朋友！」那人彎腰又伸手，可能因為太緊張，講話都破音了。

我搖頭婉拒，對方悻悻然的離開。沒想到五分鐘後又來了一個人。但這個人我認得，是住在巷尾的高中生，每逢週六都會來變魔術給我看。這會兒他一進門，立刻就近在桌上擺了一個空的寶特瓶，接著退後三步，伸出雙掌直指寶特瓶。只見他口中念念有詞，寶特瓶居然瞬間憑空扁塌！

「超能力！」鄭少傑大聲驚呼。

「我一定會抓住你的心！」

大家全都呆住了。我只覺得毛骨悚然，他要用超能力抓住我的心，那我的心豈不是會被他捏爆？

「這哪叫超能力，」黃宗一說：「只是運用科學原理的魔術。」

全場目光聚集在黃宗一身上。他對那名高中生說：「你在瓶子裡裝了熱水，進門的前一刻倒掉了。」

高中生整個人像洩了氣似的萎靡不振，一聲不吭就走了。

「怎麼變的？」鄭少傑問。

「瓶子裝了熱水溫度會上升，倒掉水後轉緊瓶蓋，裡面仍有水蒸氣，」科學怪探現身：「瓶內的蒸氣溫度下降後會凝結成水，使瓶內氣體變少，氣壓變低，瓶子就被瓶外的大氣壓力壓扁了。」

「看起來就像被念力壓扁一樣？」邱政問。黃宗一點點頭。聽他這麼一解釋，我放心多了，找他來果然是對的。

「你很常被人告白嗎？」錢若娟拍著我的肩膀問。

我無奈的點頭，她歎了口氣，沒再說什麼。所幸接下來風平浪靜，沒有任何狀況發生。

・・・・・

到了一點半，只剩下三個客人分坐三桌，一個穿西裝、一個穿襯衫，另一個穿運動衫，全都是中年男子。我只認得坐在門口附近的西裝大叔，他是我們這個社區的住戶。

「各位同學，謝謝你們來幫忙。」我爸走出廚房對我們說，總算可以休息了。他朝門口方向移動，和西裝大叔低聲講了幾句話，然後轉身走向坐在最右側桌子的運動衫大叔，但兩人很快就吵起來。

「我不管，你今天一定要還錢。」

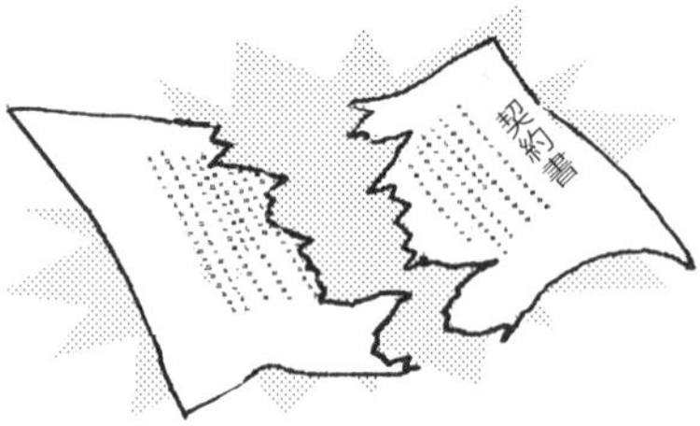

「還有五天期限。」

「我有急用，你一定要還。」

「你這麼做是違反契約。」

「我才不管什麼契約！」只聽砰的一聲，那位大叔在桌上重重捶了一拳。

「要叫我爸來嗎？」邱政低聲問。

需要叫警察來嗎？我拿不定主意。這時候，西裝大叔朝我靠近。

「夢萱，認得我嗎？我是強叔。」

我點頭示意。小時候常被他抱在懷裡。

「可以借用洗手間嗎？」他指指自己褲子上的汙漬：「我不小心打翻湯碗。」

「沒問題。」

他拿著一個包包走向廚房側門。此刻我爸已經去另一桌和襯衫大叔談話，我傾耳細聽，斷斷續續聽見那個大叔的聲音。

「你把店面賣給我們，不只能賺到一筆錢……還可以變成我們的加盟店，照樣有錢賺……不然就等著看，我們會整垮你，讓你的餐館經營不下去……」

「恐嚇你們的就是他！」鄭少傑說：「他要毀了你們家餐館！」

沒錯！我也是這麼想。

「我去叫我爸過來。」邱政說。

這時突然出現一個低沉的聲音，又是強叔。

「小朋友，你們不要管大人的事，」他說：「夢萱，我可以跟你聊一聊嗎？」

沒等我說好，他逕自搬了張椅子過來。

「我是經紀公司的代表，你是天生的偶像命。」看我沒反應，他又說：「你爸沒跟你商量嗎？」

「我爸什麼也沒跟我提。」

「不覺得可惜嗎？」強叔一臉遺憾：「當偶像很風光吔！」

「我沒興趣。」

「你來簽約當偶像明星，我保證你一定會紅，最重要的是會賺很多錢，」他開始遊說我：「有了錢，你們就不用擔心了。那個想併吞餐館的混帳不是恐嚇你們嗎？我跟你說，你告不了他們的。恐嚇信上找不到指紋，也沒有筆跡可比對。這種像剪貼簿的恐嚇信，警察能拿它幹嘛？倒不如去說服你爸，讓你來當萬人迷的美少女偶像！」

我心中升起一股怒氣，卻只是小聲的說：「我不要當偶像。」

強叔哼了一聲，回座位坐下。我轉頭一瞥，當場愣住了！隋雲竟然坐在強叔旁邊那張桌子旁！她什麼時候來的？其他人也發現了，黃宗一還起身打了個手勢。

突然間，轟的一聲爆出有如打雷般的巨響，我怕得尖叫起來，錢

若娟他們抱著頭趴在桌上，襯衫大叔嚇得跌倒在地。但最誇張的是強叔，他整個人躲在桌下念念有詞：「怎麼可能……怎麼會這樣……」

「別緊張，這只是特殊音效，」黃宗一在強叔面前拉開椅子坐下來：「你以為自己誤觸遙控器而引爆炸彈，對吧？」

「我……我不懂你在說什麼……」

「無所謂，反正你口袋裡的遙控器會證明一切。恐嚇案是你在背後搞鬼吧。」

「我沒有恐嚇他們……」

「你沒有恐嚇姚夢萱他們，那怎麼會知道有恐嚇信？」

「我是聽你們說的。」

「這就怪了，我們只說被恐嚇，可沒提過恐嚇信。」

「呃，是夢萱爸爸跟我說的。」

「我爸根本不曉得有恐嚇信的存在。」我插嘴說。

「而且你還知道信是剪貼拼湊而成，」黃宗一繼續説：「除非你是製作恐嚇信的當事人，否則不可能知道這些內幕。」

「我……我……」

「是你自己説溜了嘴，怪不得別人。」

大門旋開，走進來的是邱警官。眼見事跡敗露，強叔只能頹然的低下頭。

餐館打烊了，眾人圍著長桌而坐。強叔已被押回警局。

「你怎麼知道他在壓力鍋裡布置了引爆器？」邱爸問黃宗一。

「他要借用廁所卻沒問廁所在哪裡，反而直接往廚房側門移動，顯然別有企圖。而且他回座時，我發現他身上帶有奇怪的儀器。」

「你發現？」邱爸問。

黃宗一從公事包取出一個具有小型螢幕的儀器。

「這是熱顯像儀，可以顯示溫度分布。」他說：「我發現他身上有個方形區塊顏色不一樣，而且不像手機，再加上有人恐嚇，因此推測他身上可能帶了遙控器，並且在廚房動了什麼手腳。既然如此，要造成最大的傷亡，絕對是透過壓力鍋來引爆。」

「沒錯，」邱爸說：「二〇一三年四月十五日，美國波士頓發生

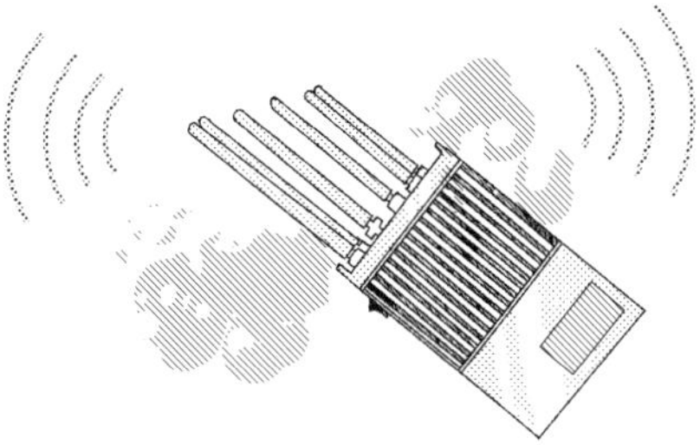

的恐怖攻擊，就是利用壓力鍋炸彈。鍋裡放了鐵釘和鋼珠，造成三人死亡、一百七十六人重傷的悲劇。」

「你怎麼沒當場揭發他？」錢若娟埋怨：「還讓他囉哩叭唆講了一堆，萬一他按下遙控器就慘了。」

「所以我請隋雲送了這個東西過來，」黃宗一拿出另一個長方形的小儀器：「這是電波干擾器。」

「難怪你有恃無恐。」邱政說。

「為了要捧你為偶像明星，就威脅把你家的餐館炸掉，這也太狠了。」邱爸邊說邊盯著我看：「但你真的是顏值超高的美少女……」

「我才不要當美少女！」大家都被我嚇到了，連我自己也嚇一跳，沒想到竟然會把心裡的話大膽的說出口。

「不管你是不是美少女，」鄭少傑說：「你都是我的朋友。」

「你……你是我六年一班的同學。」王元霸略帶結巴的說。

「謝謝你們。」我心中感到一股暖意。

對了，隋雲還沒開過口。

「隋雲，謝謝你來幫忙。」我說。同班多年，這是我第一次跟她講話。

「我不是來幫忙的。」她一句話就把氣氛弄僵了，這……

「我是來用餐的，」她又說：「聽說這裡的牛肉麵味道很棒。」

我忍不住笑了。

「你的笑容真是燦爛啊！」邱爸的眼神怎麼變得……好討厭喔！

「我也可以來一碗嗎？」王元霸的肚子又叫了。

「爸，可以煮幾碗牛肉麵給我的同學們吃嗎？」

「沒問題，等我五分鐘。」

我覺得心裡有個結打開了。這麼多年來，總算把不想當美少女的心聲說出口，我終於往前跨了一大步！

低，我們戴在身上的眼鏡、手錶、衣服等配件不會發熱，熱量當然比較少，不同的身體部位溫度也有所不同，這些都會反映在熱影像上。

不過，熱顯像儀是從遠端進行偵測，並未碰觸到物體或人，如何測量溫度呢？難道物體或人會發射什麼奇怪的波？正解！熱會以紅外線的形式輻射傳遞。溫度愈高，輻射愈強。只要以紅外線感應器接收輻射，再轉換成影像，就能得出溫度分布圖。

除了用來判斷人是否發燒，由於紅外線可穿透大氣與煙雲，在黑暗中仍可偵測，熱顯像儀也常用在野生動物研究或監測軍事行動、火災、廢氣排放……等多種用途上。

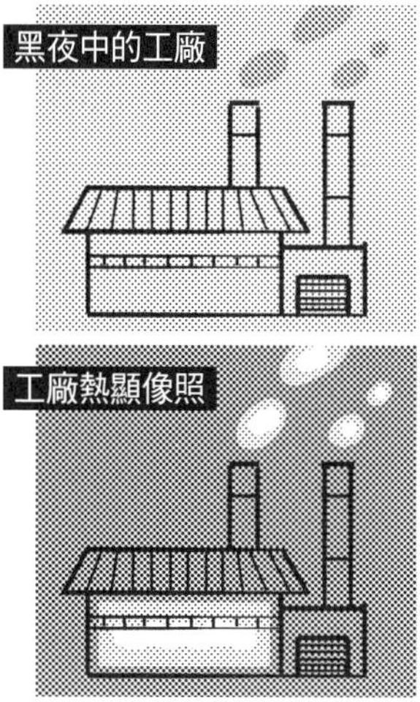
黑夜中的工廠
工廠熱顯像照

莫非這間工廠
也在放臭屁？

破案之鑰

熱顯像儀是什麼？為什麼能顯示影像？

看名稱就有線索，這是一種利用「熱」來顯示影像的儀器，你也許在機場或醫院等公共場所看過。這種儀器顯示的影像，和一般照相機拍出來的照片不太一樣，顏色經常是紅紅綠綠，有些可能是黑白，或呈紅紫橘色，可用來警示經過的人是否發燒。

凡是物體，只要有溫度，就會散發熱量，而且溫度不同，散發的熱量也不一樣。例如同樣是一杯水，乍看之下無法區分冷熱，但熱水散發的熱比冷水來得高，如果根據物體的熱量來畫圖，熱水與冷水呈現的影像就會不一樣。這正是熱顯像儀的道理。

不同物體的溫度各有高低，環境溫度一般比人的體溫受損，例如紫外線能量相當高，曝曬過度有罹患皮膚癌的危險。X 光能穿透皮膚，伽馬射線連金屬都擋不住，若要在醫療上使用，劑量必須非常小心。

頻率較低的電磁波能量也較低，除非輻射量很大，否則不易造成傷害。很多人擔心手機基地台或電器發射的電磁波有害健康，不過目前尚未有科學研究找到明確支持這項說法的證據。其實電磁波讓現代生活變得很便利，例如遙控器使用了紅外線，微波爐使用微波，收音機使用無線電，傳輸電力用的則是極低頻的電磁波。

下面這張「電磁波譜」根據波長的高低列出各種電磁波，推測看看它們的頻率及所帶能量的高低吧！

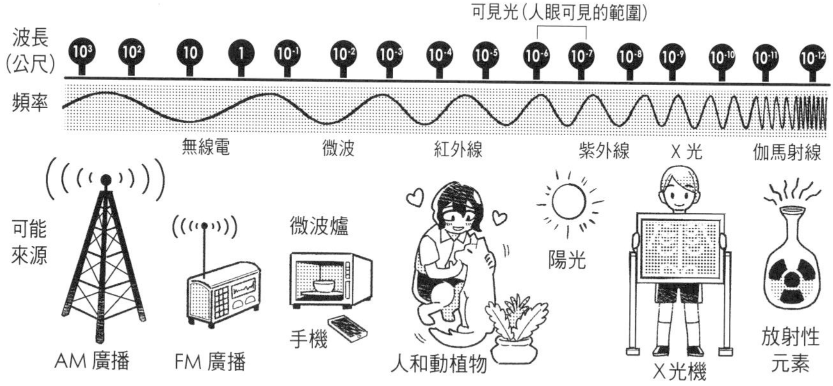

科學眼 電磁波會帶來傷害或便利，端視使用方式而定。

破案之鑰

紅外線又是什麼呢？

紅外線是一種電磁波。沒想到吧！人體竟然也會發射電磁波！一般聽到電磁波可能會覺得危險或有害人體，但在感到害怕之前，請先了解事情的真相！

電磁波其實無所不在，早在盤古開天闢地之前，這個世界早已遍布電磁波，因為太陽傳送到地球的可見光與不可見光，都屬於電磁波！現代醫療常用的 X 光，家庭必備的微波爐，無線基地台發射的訊號，據說有神奇療效的遠紅外線，核電廠的伽馬射線……也全都是電磁波。

看來電磁波範圍廣闊，它到底是什麼？電磁波可說是一種能量形式，以光速前進，具有不同的波長和頻率，也因此帶有不同的能量。頻率愈高，波長愈短，能量愈高。

高能量的電磁波會破壞分子，使人體的 DNA、細胞

第五話 遙遠的偵探夢

我剛收到的生日禮物是一副望遠鏡。

我爸送出禮物時，說他希望我可以學著看事情看遠一點。他覺得我的個性太毛躁，總是輕率的做出決定。

在我爸的觀念中，太快下判斷是查案時的致命傷，因為會很容易被表象誤導，甚至做出錯誤的推理。

「失之毫釐，差之千里」是我爸的口頭禪，他說他不是神探，能破案靠的是一步一腳印、不辭辛勞的查訪與蒐證。但問題是，像我爸這種刑警一點都不酷，而且偏偏我就是想當神探，能在眾人崇拜的目光下伸出手指頭，指著某人的鼻子說「兇手就是你！」這種感覺真是酷呆了！為了證明我的能耐，我必須搶在黃宗一前面，查出劉孟華失蹤的真相！

「你真的不知道班長會消失不見？」

「我哪會知道啊！」

我第一個質問的對象是錢若娟，她的反應是一頭霧水。

「他都跟你告白了，怎會不告而別？」

「這種事我怎麼會知道？」

「他為什麼喜歡你？」

「你不要一直問我答不出來的問題啦！」

「你是當事人欸，」我不放棄，繼續追問下去：「你是不是對他暗示過什麼？」

「暗示？」錢若娟皺起眉頭：「我一向不拐彎抹角，有什麼就說什麼。」

「可是，總有個跡象吧？」

她沉思了一會兒。

「硬要說的話，就是之前校外教學去走吊橋，途中他突然手腳發軟而動彈不得，我就幫了他一下。」

「怎麼幫？你抱住他給他呼呼，還是牽著他的手走過吊橋？」

「什麼呼呼？你不要這麼噁心好不好？我只是叫他深呼吸，慢慢踏出腳步。」

「看來吊橋效應還是有效的嘛。」

「至少對我沒效。」她不以為然的說。

「幹嘛啊，邱政，你是想抱怨沒在吊橋上跟誰配對成功嗎？」章均亞突然迸出來插嘴。

「心中有怨的人是你吧？每天都在唱什麼愛啊恨啊的情歌，巴不得趕快跟誰談戀愛吧？」

章均亞眼裡像是快噴火了，但最後卻發出冷笑。

「你根本沒在關心班長的安危，只是想打敗黃宗一。」她伸出手

指頭數了數：「很抱歉，你目前的戰績是零勝十七敗，而且你的敗場數還會持續增加。」

她用難聽的話酸我，我立刻反擊。

「在我查出真相之前，你不必太擔心。像你這種醜女，絕對不會被變態盯上。」

「你說誰醜女？」

「誰回答誰就是嘍！」

沒想到余唯心搶先一步打岔。

「照你這麼說，姚夢萱和湯子怡豈不是都會被盯上？」

「我爸說，罪犯有自己的審美觀，他們對美女的認定標準可能跟我們不一樣。而且罪犯挑選的受害人可能有某種一致性，比方說都是留長髮……」

「但班長是男生啊？」鄭少傑突然說。

「所以你也要當心了，」我故意嚇唬他：「你們不是交情還不錯？他什麼都沒跟你說嗎？」

「出事之後，我才意識到他很少談自己的事。他是從哪裡認識那個蒙面魔術師？我覺得很納悶。」

對了，那個魔術師該不會就是青鳥？我靈機一動，轉身對游瑞文大叫：「游瑞文，你過來。」

「有什麼事？」游瑞文怯生生的走過來。

「你不是很懂動物？趕快告訴我，青鳥是哪種鳥類？」

他一臉困惑。

「我不曉得是不是真的有青鳥，在傳說中，青鳥象徵的意義是幸福和快樂，牠並沒有明確的形態……」

「你不曉得牠長什麼樣子？」

「我沒親眼看過，青……青鳥只是一種虛幻的存在……」在我目光逼視下，他愈說愈小聲，吞吞吐吐的模樣簡直像作賊心虛。

「青鳥是藍色還是綠色？你模仿牠的叫聲給我聽！」

「我……我不知道，我也不……不會學牠叫……」

「你是不會還是不想？」我大聲怒喝。

「邱政，你不要這樣，」錢若娟從中介入：「游瑞文說不知道就是不知道，他沒必要騙你。」

「說不定他就是青鳥！」

「十七連敗讓你腦袋炸掉啦？」章均亞說：「班長從舞臺上消失時，游瑞文就坐在臺下，他怎麼可能是那個魔術師？」

「可是他的態度很可疑，如果沒做虧心事，幹嘛支支吾吾的？」

「你爸就靠這招破案是不是？」馬玉珍說：「先大聲威嚇，再來是嚴刑逼供？」

我發現大家都在看我，眼神盡是不屑。唯一不同的是黃宗一，他的眼神空洞而非不屑，好像根本沒把我放在眼裡。

「可惡！」我大叫：「你們全都聯合起來對付我！」

我頭也不回的衝出教室。

・・・・・

我站在走廊看著天空發呆。天氣很好，但我的心情非常不好。

都是你害的，黃宗一。在你轉學過來之前，我是班上的意見領袖，沒人會質疑我，只有劉孟華能跟我競爭第一名。但是你轉來之後，我講什麼都被打槍，而且考試再也沒拿過第一名。

我想起我爸說話的口氣，他說他自己不是當神探的料，但他認定黃宗一是神探。真是可恨！黃宗一，我非打敗你不可！

咦？我眼角瞥到有亮光閃爍，於是目光迅速投向對面西廂樓一樓走廊的右側角落，那裡有幾條人影在晃動。可是太遠了，實在看不清楚。我拿出口袋裡的東西放在眼前。

「你的望遠鏡看起來很高檔。」有人在我旁邊講話，我轉頭一看，是何文彬。

「誰要用這種東西，隔著眼鏡看很不方便。」

「可以借我用看看嗎？」

「不行，你很可能會借了不還。」

「你就這麼不信任我？」

「誰叫你給人家的觀感不佳。」

「這句話我也原封不動還給你，」他沒有動怒，反而嘻嘻一笑：

「你是不是覺得大家都不挺你啊？」

我一時啞口無言，索性拿起望遠鏡繼續觀看。哇，這下子看得可清楚了，遠處有幾個同學在搬東西，其中一人正在搬運的方形物件一隅射出白光，另一人搬動的布袋開口處露出疑似黑色的髮絲。

「不會吧？」我心一驚，拔腿就跑。

我衝下樓，橫越操場，跑向西廂樓的一樓走廊最右側。可是等我抵達那個角落時，已經不見任何人影。

「你看到什麼？」突然冒出來的聲音嚇了我一跳，又是何文彬。

「好像有人在搬運屍體和刀子，」我敘述給他聽：「但你相信我講的話嗎？」

「我信啊，」他說：「我們學校是犯罪現場，所以這裡可能有嫌犯，甚至有可能出現下一個受害人。」

我的想法居然沒被反駁，我心裡有點得意。

「那幾個學生是五年二班的。」

「你怎麼知道？」

「我的視力是2.0，」他又說：「我去幫你打探看看。」

「你願意幫我？」

他微微一笑。

「你想過如果福爾摩斯的助手不是華生而是亞森羅蘋，結果會怎麼樣嗎？」

「絕對是天下無敵，」我不加思索的回答：「神探和神偷聯手，就是兩個天才的組合。」

「一個在明，一個在暗，」他壓低聲音說：「我可以暗地幫你打聽情報。」

「好，」我想了一下才說：「我們先

合作一次看看。」

「說不定會挖出驚人的真相。」他笑咪咪的說。

．．●．．

吃完中飯，進入午休時間，有人趴在桌上睡覺，有人在小聲聊天。我正在看書時，何文彬過來輕敲我的桌子，示意我跟他往外走。我們沿著走廊向左走，何文彬突然停下腳步。

「望遠鏡帶了嗎？」

「在我口袋。」

「那就好，」他左右張望，四周沒半個人：「聽說五年二班的班長是下個目標。」

「什麼意思？」我的耳朵立刻豎起來：「有人要誘拐他？」

他搖搖頭。

「目前只知道他有危險。」他突然一臉驚訝的指著正前方：「那是怎麼回事？」

我趕緊拿出望遠鏡觀看。正前方是西廂樓二樓的一間教室，雙開門大大的打開，室內背景不知為何是紅色，灰色地上的正中央擺了一張桌子，天花板上的日光燈似乎有開，但光線有些昏暗。儘管如此，站在桌子後面的白衣人，確實是五年二班的班長沒錯。

「那是什麼奇怪的教室？」

我話還沒說完，班長後方出現了一個詭異的身影，說它是人並不像人，說是鬼也不像鬼。那東西一身黑，面目模糊且披頭散髮，尖尖的鳥喙特別顯眼。這時候它已經晃到桌子後面，而班長完全不曉得自己後方有怪物。我想看清楚那東西的長相，於是用力湊近望遠鏡，結果雙眼反而整個貼在眼鏡的鏡片上。

「你看到什麼？」何文彬問。

我還來不及回答，就看到那個鳥人高高舉起一把刀子，作勢要砍下。「啊——！」我忍不住大聲尖叫，那一瞬間燈光熄滅了，遠方教室內頓時一片漆黑。

「到底怎麼了？」

我簡直是呆若木雞。不知過了多久，也許十秒鐘，也許一分鐘，總之燈又亮了。但這次我嚇得說不出話來，因為鳥人不在教室裡，然而班長脖子以下的身體不見了，只剩下一顆頭擺在桌上。

「你發什麼呆？」

何文彬推了我一把，讓我整個人驚醒過來。我拔腿就跑，沒理會錢若娟探頭出來問「吵什麼吵？」

我快步下樓，橫越操場，狂奔直衝西廂樓二樓那間奇怪的教室。等我衝入命案現場，當下完全呆住了。什麼都沒有，沒有鳥人，沒有被切下頭的屍體，只有一張桌子而已。

我到底看到什麼？難道是我眼花了？

門口那邊傳來腳步聲，我轉頭一看，何文彬、錢若娟、王元霸、鄭少傑，以及最討厭的黃宗一全都跟來了。我把親眼所見的事發經過講給他們聽，但大家的表情是一臉狐疑。唉，我懂的，今天要是情況對調，我聽了也會覺得這個人是不是瘋了。

「要打電話叫你爸來嗎？」何文彬問。

叫我爸來也沒用，沒有屍體，他不會相信我的證詞，還會懷疑我故意找他麻煩。

「如果五年二班的班長是在這裡被斷頭，現場應該會有大量血跡，」錢若娟的話突然鑽進我耳裡：「但是這裡一滴血也沒有。」

黃宗一繞著牆壁踱步。除了雙開門的那面牆之外，其他三面牆都掛著垂落地面的紅色布簾，擺在灰色地毯正中央的圓桌只有三支腳，一支在前，兩支在後。黃宗一蹲下來，伸手在桌子底下摸索，確定沒有任何機關，桌子下方的地毯上有兩條相接的直線痕跡，夾角是九十度直角，如箭頭般朝向雙開門的門口。

「這裡本來就是這樣嗎？」黃宗一問。

「應該不是，」錢若娟說：「這裡是康樂教室，通常是提供給團康活動或表演節目使用。」

他走到雙開門旁邊，仔細看牆上的電燈開關。

「從東廂樓跑過來，頂多只花了六、七分鐘，這麼短的時間要搬運屍體和清理現場，不可能辦得到。」

「可是我真的看到了，」我堅持己見：「犯人會不會是用紅色布簾把血擦掉，讓我們以為什麼事都沒發生？」

「我檢查過布簾，它們是乾的。」

我講不過黃宗一，只能嘴裡叨念著「我真的看到了……」

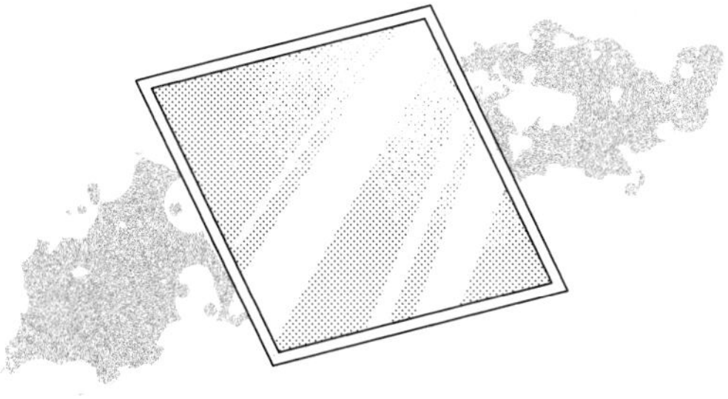

黃宗一接著走向牆角，那裡掛了一面方形的半身鏡，離地約莫一百五十公分。我發現在雙開門另一側的相對位置，也掛了一面方形半身鏡。

「這鏡子的位置很奇怪，」王元霸說：「好像是隨便找個地方掛起來。」

黃宗一突然轉頭看王元霸。

「我說錯了什麼嗎？」王元霸問。

「我要做個實驗，邱政和何文彬你們倆先出去，門要帶上。」

我們倆就這樣被黃宗一趕出去，當然一頭霧水、心裡很不是滋味，但也只能無奈的靠在走廊欄杆上。

不曉得過了幾分鐘，雙開門打開來了，我看見黃宗一坐在圓桌後面，站在他後方的王元霸突然伸出手臂勒住他的脖子，彷彿要把他的頭扭下來。

「他們是不是吵起來了？」何文彬說。

「王元霸失控發狂了！」

燈在下一秒鐘熄滅，不明就裡的我愣住了。正想衝進去時，燈光再度亮起，此刻王元霸不見了，黃宗一脖子以下的身軀也不見了，只剩下他的頭擱在桌上！

「啊——！」這次尖叫的人是何文彬。

突然間，更令人傻眼的事情上演了：黃宗一那顆頭竟然浮了起來，並且從桌後走出。對，我沒看錯，他的確是走出來的，因為他的身體和雙手雙腳全都長回來了。我呆呆的走進教室門內。

「你……到底怎麼回事？」

「這叫請君入甕，」黃宗一說：「你被騙來看了一場魔術秀。」

「什麼？這是魔術秀？」

「關鍵在於這兩片東西。」黃宗一解說時，錢若娟和鄭少傑一左

一右各自輕敲桌下的東西。

「那是……鏡子？」

「你不覺得鏡子掛的位置很怪嗎？」

嗯，我的腦袋完全無法運作。

「拿下來後，我發現它們剛好能嵌入桌子下面的空間，難怪地毯上會有呈九十度夾角的箭頭壓痕，」黃宗一說：「你看到的，其實是鏡子反射的影像。」

呃，我有聽沒懂。他拿出對講機。

「開始。」

門外突然射入一道紅光，觸及鏡面之後，呈九十度角向左側反射而去。

「透過兩面鏡子的反射，你看到的其

實是左右兩側紅幕和灰色地毯的影像，我在桌面下的軀幹被鏡子擋住了，你看不見，因而產生我被斷頭的錯覺。」

錢若娟和鄭少傑拉掉桌下的鏡子。

「正因為如此，三面布幕才必須同色，地毯非得是單一顏色，而桌子的三支腳必須形成一個夾角九十度的直角，如此才不會被看出影像是鏡子的反射。」

「可是，」我頭腦還是很混亂：「鳥人和那個班長呢？」

「我想布幕後面應該有一道門，他們利用燈光熄滅的時候裝上鏡子，鳥人趁機躲到門後的空間，現場只留下那位班長。」

「光靠兩個人就可以變出來？」

黃宗一搖搖頭。

「這套戲法需要四名共犯，一個扮演被害人、一個飾演加害人、一個躲在牆邊負責開關電燈，還有一個……」他停下來，對著對講機

說：「換你了。」

「我在東廂樓二樓走廊，遙望著正對面的西廂樓康樂教室，」對講機傳來隋雲的聲音：「鏡子反射的那道紅色雷射光，是我從這個位置投射的。至於我為何在這裡，是因為黃宗一要我這麼做。邱政，你想想自己剛才為何會站在這裡。」

「是何文彬叫我過去……」我想通了：「何文彬，你跟他們串通起來騙我！」

何文彬突然大笑起來。

「黃宗一、隋雲，這種超級幻

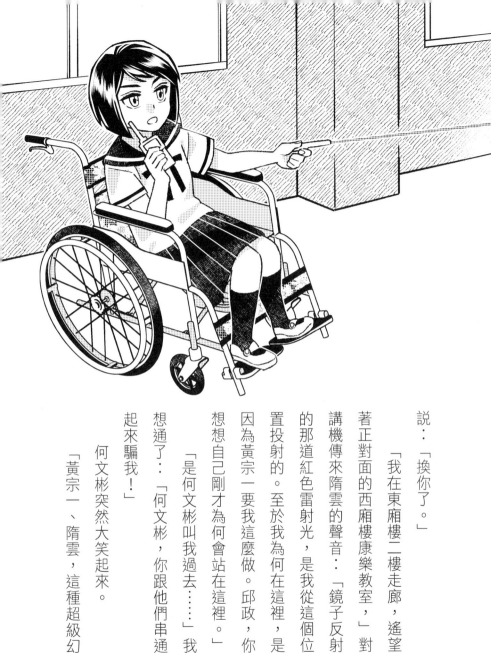

術也能被你們拆穿，我真是佩服。」他恢復正經的口氣：「沒錯，五年二班的同學正躲在布幕後面。他們下週要義演募款，我就說服他們先預演一次，看看能不能騙過觀眾。」

「近距離看的話是有可能穿幫。」黃宗一說：「雖然邱政使用望遠鏡，但是舞臺和他隔了一個操場，再加上室內光線有點昏暗，乍看之下會信以為真。」

「你幹嘛整我？」我對著何文彬怒吼。

「這句話我也奉還給你，」何文彬瞪著我說：「誰叫你每次都把我當成嫌犯，現在你明白什麼叫做百口莫辯了吧！」

「我真是阿呆，居然認為能跟你聯手挖出驚人的真相。」

「我們有啊，」他笑嘻嘻的說：「你把鏡子看成刀子，把假髮視為屍體，這就叫做杯弓蛇影，看見影子就以為遇到鬼。你懂了吧，我們挖出的真相就是：你這輩子當不了神探！」

我氣得隨手抓起東西就往他身上砸，結果他側身一閃，東西砸在地上裂開了。啊，那是我的望遠鏡！我不曾想要的禮物……

其實我要的禮物很簡單，只要一句肯定或鼓勵就好，但現在我把爸爸送的望遠鏡摔壞了，這下子怎麼跟他交代？他一定以為我是故意的。我該怎麼跟他說才好？

真相需要科學證據！

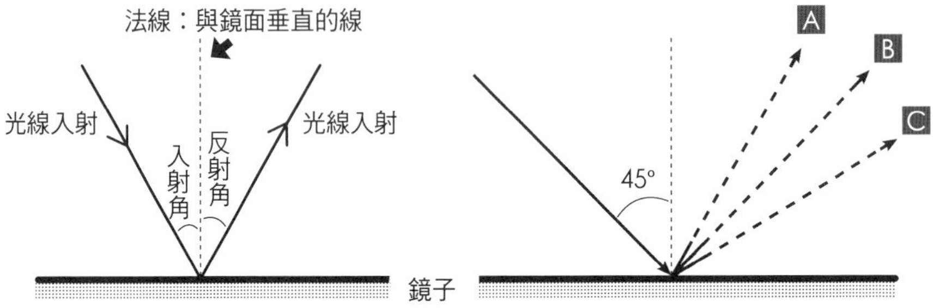

如果光線的入射角是 45 度，如右上圖，反射角會是多少？反射光是 A、B 或 C ？試著自己畫畫看。再想想，入射角如果超過 90 度又會如何呢？

回到康樂教室，只要掌握光線的入射與反射，就能破解其中關鍵。由教室上方往下看，光線的走勢如下。你破案了嗎？

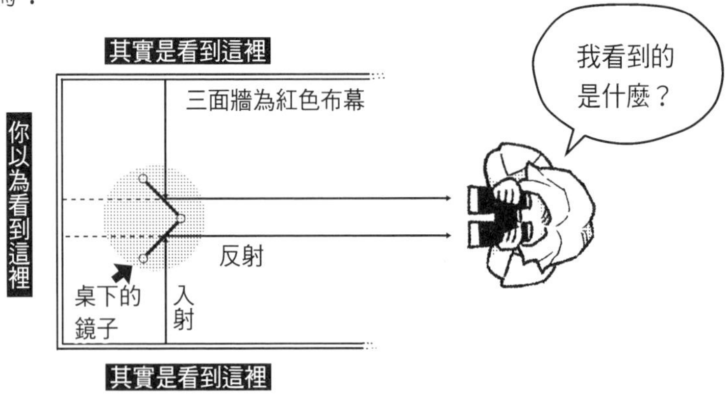

科學眼 當光照到一個面，入射光線與反射光線會成相同的角度，這叫**光的反射定律**。

破案之鑰

照鏡子也有學問！

拿一片鏡子放在面前，試著調整它的角度，例如朝右後方照、朝左後方照、觀察看看鏡中的影像有什麼不同。

當鏡子轉向不同角度，反射的影像自然不同，而且有些地方怎麼也無法從鏡中看到，除非你改變自己的位置。

這是因為當光線照射鏡子時，反射角會等於入射角。什麼意思呢？當你由上往下看，如果有一束光線朝鏡子照射、再被鏡子反射，光線會形成這樣的角度：

第六話 超能力執迷者

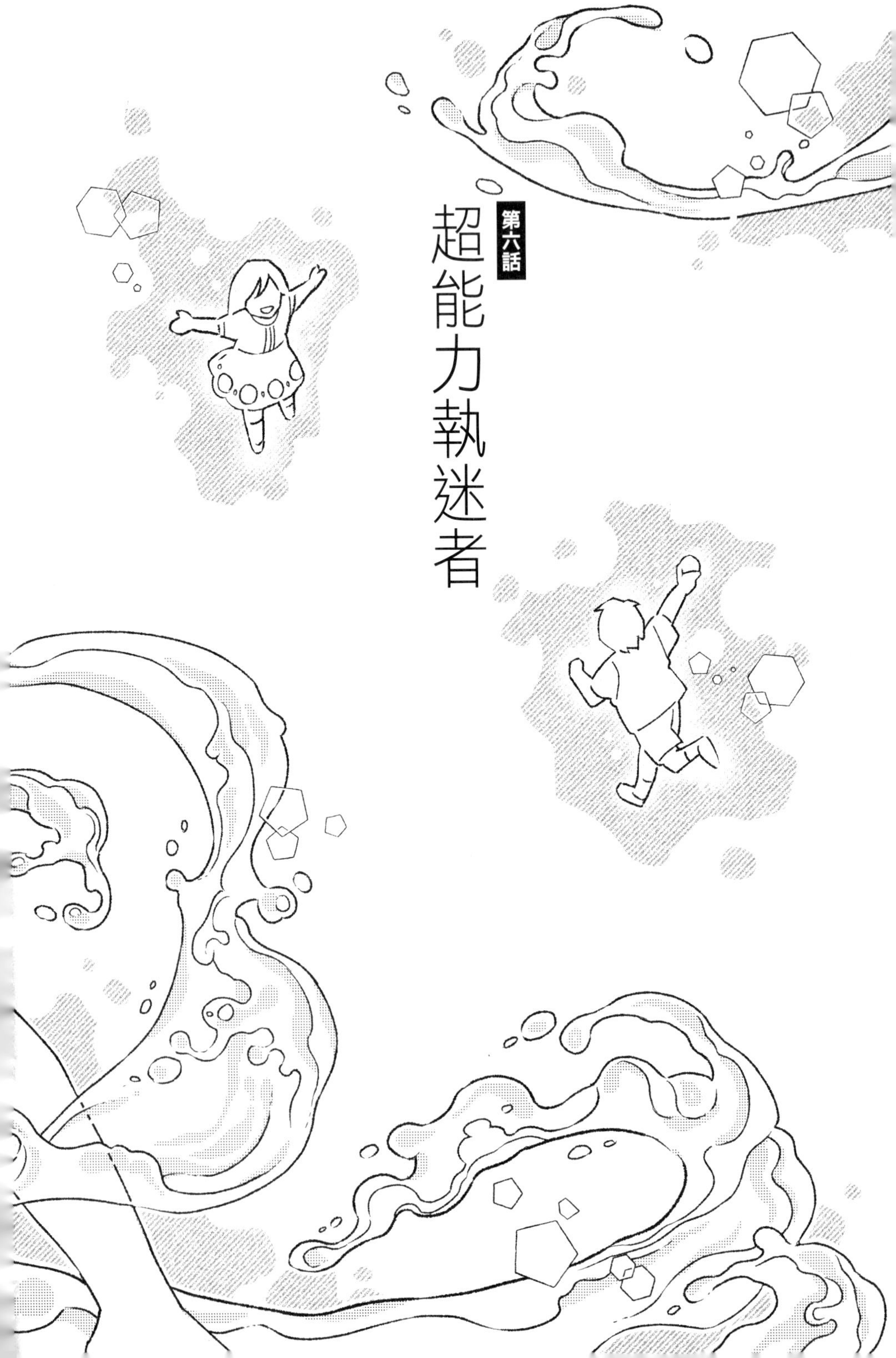

等等我！

我邊跑邊叫，奮力追趕前面的人，卻見那道人影愈來愈渺小。

不要丟下我！

我放聲大叫，那道人影猝然停步轉身，一時間白光大作，逼得我睜不開眼睛。我拼命的拔腿往前衝，下一刻卻一腳踩空，像是墜入深淵般往下掉。我雙手亂揮，雙腳亂踢，但還是撲了空。

眼前閃過水波粼粼的光影，耳邊響起咕嚕咕嚕的水聲，鼻子嗆得快不能呼吸。

救命啊！我不會游泳！我完了……這時突然有東西拍打我的臉頰……「少傑，少傑！」我朝那道聲音奮力一抓，挺身仰起……咦，這是哪裡？我環顧周遭，發現自己正坐在床上，抓著媽媽的手臂。

「你又夢見自己溺水了？」

我搖搖頭，彷彿要甩掉臉上的水珠，隨即下床走進盥洗室。我在洗臉盆裡盛水，伸手平舉在水面上方兩公分處，然後屏氣凝神，試著從掌心發力……還是不行，連一滴水都吸不起來。我彎下腰，雙手探入盆裡舀水往臉上潑。一股涼意讓我瞬間清醒……水能舀起來，卻無法確實掌握……

到底有沒有辦法掌控水？唯一的解答，應該就是超能力了。

・・・・・

上午第三堂課結束後，五年一班的阿樂跑來教室找我，在我耳邊講悄悄話。

「我又找到一個超能者。」

他一臉興奮，我卻面癱毫無表情。

「怎麼了？」阿樂問：「沒興趣啊？你怎麼好像無動於衷？」

以前我絕對是照單全收，如今卻不免心生質疑。我瞄了黃宗一一眼，在科學怪探眼中，超能力恐怕是騙人的把戲吧！

「這次的超能者會掌控水。」

我全身立刻緊繃，後背像是有股電流急竄而過。

「是誰？他在哪裡？」

阿樂沒吭聲，只是一臉賊笑。我往他手中塞了一百元鈔票。

「快說。」

「別急，」阿樂雙手插入口袋：「第四節下課後你來我們班看就知道了，他會施展他的超能力。」

下一堂課我簡直坐立難安，每一秒都像一年那麼漫長，玉茹老師講的話我一個字也沒聽進去。下課鐘聲一響，我馬上往外衝，直奔五

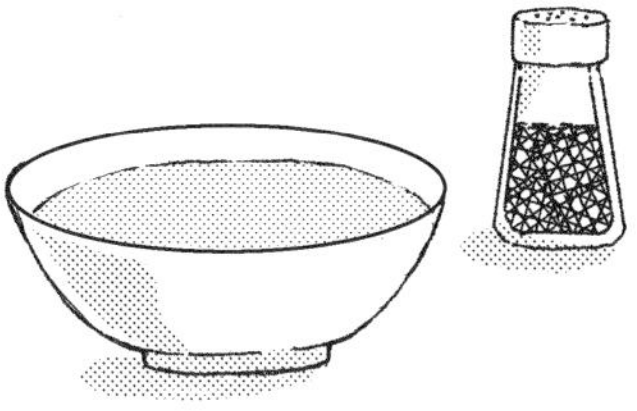

年一班。一踏入教室，我看見十幾個人圍成圈，圈中的桌子上放了一個口徑滿大的玻璃湯碗，站在桌旁的是這個班的「孩子王」簡信安。

「喲，這不就是鼎鼎大名的超能力達人嗎？」簡信安講話的口氣好酸。

「你就是那位超能者？」

「你是來找碴？」他盯著我說：「還是來見證奇蹟？」

「聽說你能掌控水，」我回瞪他：「我是來見證你的牛皮會不會吹破。」

「那你一定要看清楚點才行，」他揮揮手，人群中立刻讓出一條路：「你可以再靠近一點。」

我毫不客氣的往桌前一站，只見他身邊貌似助手的女同學，在玻璃碗內倒了八分滿的水，接著在水面上撒了滿滿一層胡椒。他對我微微一笑，然後將食指探入水中，同時大喝一聲「退開」。一瞬間，胡椒竟從中間朝四面八方散開！我看傻了眼。

「怎樣？水被我的超能力逼退了吧？」

我不信，其中必定有詐。

「換我來。」

簡信安沒阻攔我，反而請我自己動手。我將食指探入密布胡椒的水面，胡椒粉不但沒散開，反而附著在我的手指上。

「服氣了吧？」

他怎麼辦到的？我啞口無言。這時女助手拿出一個培養皿，看起來裡面裝了水。

「請摸一下培養皿。」

我像被催眠般遵從的伸手觸摸培養皿。

「溫熱的吧？」簡信安問。見我點頭後，他又說：「我能讓水瞬間結冰，你信嗎？」

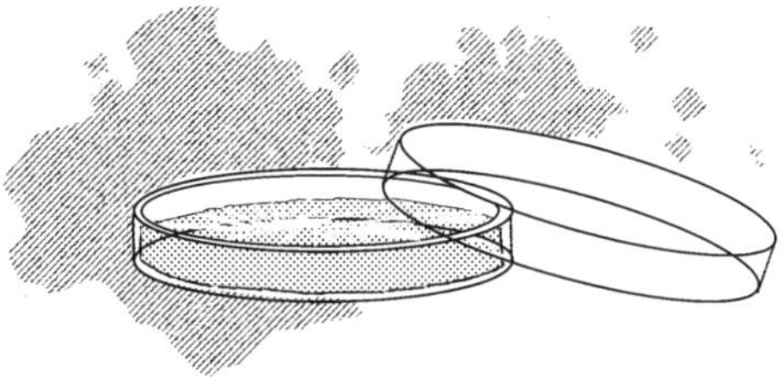

我表面上沒反應，但內心在吶喊：不可能！熱水怎麼可能瞬間結冰！接著簡信安用食指輕碰液體表層，口中念著「阿布啦卡搭布啦，結冰！」沒想到他手指碰過的地方立刻結冰，並以放射線狀朝四周擴散開來，不到二十秒，培養皿中的水全都結冰了。

這到底怎麼回事？他真的有超能力？

「教我！拜託！」我俯首趴地懇求他，卻被當場拒絕。

「別傻了，超能力沒辦法教，也不能隨隨便便傳授別人。」

「我不管！」

我起身撲向他，但是被他身邊的同學擋開。我不管三七二十一，硬要衝破人牆，卻逐漸被人群包圍，而且還被推倒在地，甚至有人壓在我身上。我頭好暈，就在即將閉眼的那一刻，我看見錢若娟和王元霸衝進來……

「他醒過來了。」

迷濛之中似乎有人這麼說，我慢慢睜開眼睛，進入眼簾的是余唯心和廖宏翔的臉孔。背部感覺好硬，我四下摸索，轉頭往旁邊看，原來我躺在合併的四張桌子上。我起身朝門口走去，整個過程像用慢動作播放的影片。腳會抖，頭會暈，但是我一定要去弄清楚才行。

「你要幹嘛？」錢若娟問。

「我要去拜託簡信安教我超能力。」

「他不會理你的。」

「那我就死纏爛打，非要他教我。」

「你會被他們打趴喔。」

「我無所謂。」

「你太扯了，」余唯心說：「又鬧事又耍無賴，我從來沒有看過你這樣。」

我愣了一下，我這是在耍無賴嗎？

「他有什麼超能力？」黃宗一突然問。

「他的超能力可以控制水。」

我這句話引起滿場噓聲。

「你們若親眼目睹就知道他的厲害。」

「我要聽細節。」黃宗一淡定的說。

於是從胡椒粉在水面上散開，到熱水瞬間結冰，我一五一十的講給大家聽。

「你是說他像摩西一樣揮揮手指，就可以叫紅海分開，還能吸收熱能？」邱政問。

「大概是吧。」我點點頭。

「在這兩次表演中，他用的是同樣的水嗎？」黃宗一問。

「不確定，」我回想一下才說：「第一次是女助手從水壺倒水出來，第二次是直接拿出已經裝水的培養皿。」

黃宗一用教室後面的塑膠臉盆裝了水，再從公事包掏出一個小罐子，然後往臉盆裡撒了滿滿的粉末。

「這是滑石粉，但是效果一樣。」他伸出食指探入水面，滑石粉居然也向四周散開！驚呼聲此起彼落，大家和我一樣嘖嘖稱奇。

「這沒什麼，關鍵在於我的手指沾了肥皂水，而肥皂水會破壞水的表面張力，」他說：「當我的手指探入水面，指尖附近水的表面張力降低了，但外圍的張力不變，於是把粉末拉到了外圍。」

黃宗一改用中指伸入水面，這次沒有奇蹟出現，反而有滑石粉沾黏上去。

「關於第二個表演，」他邊說邊擦拭手指：「培養皿裡裝的應該不是水，而是醋酸鈉的過飽和溶液。」

「那是什麼？」錢若娟問。

「我無法現場調配出這種溶液。但簡單說，在一定溫度下，水所能溶解的醋酸鈉達到最大量時，就是醋酸鈉的飽和溶液。」黃宗一表示：「但醋酸鈉在水中的溶解度會隨著溫度升高而增加。如果在高溫時調配飽和溶液，當溫度下降，醋酸鈉還沒析出結晶沉澱的狀態，

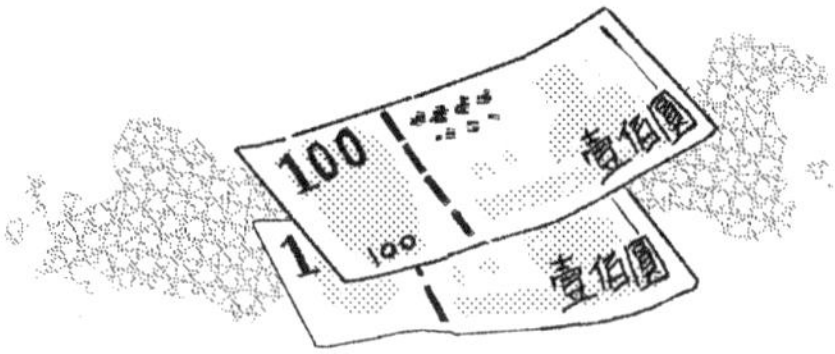

就叫做『過飽和溶液』。這時只要加以觸碰、搖晃或攪動，過飽和溶液就會瞬間產生結晶。」

「你是說，他算好時機去觸碰培養皿中的水？」我問。

「沒錯，因為觸碰所造成的擾動，讓溶液瞬間結晶了。」

「這根本只是魔術嘛。」廖宏翔說。

「是科學魔術。」黃宗一糾正他。

我看見的超能力，在黃宗一眼中卻成了合乎邏輯的科學。

「你為何執迷於超能力？」錢若娟問。

我沉默不語。

「為了探究超能力的存在，你花了不少錢吧？」余唯心問。

被發現了。沒錯，只要有人通報哪裡有超能者，我就付對方一百元酬勞。

「我也想知道原因，」姚夢萱說：「我關心你，也希望可以幫助你。」我歎了口氣。

「我小時候身邊出現過超能者，但她從我眼前消失了……」

我終於說出心中的祕密。

・・・・・

一切要從我七歲時開始說起。

那時我喜歡對著牆壁投球。我每天投，早上投、下午也投，而且愈投愈準，每十顆球有七顆會擊中畫在牆上的靶心。有一天我投得正起勁，後方響起悅耳的聲音，轉身一看，是個跟我差不多高的女生。

「要不要跟我玩丟接球？」她說。

我沒跟別人一起玩過，一時之間有點遲疑。這時她走向牆壁，整個人擋在靶心前面。

「投吧，」她伸出雙手，以堅定的口氣說：「我會接住的。」

於是我揮臂投球，但只用了一半力道。那顆球直直進入她手中。

「好球！」她以清脆的聲音喊出，下一刻我們倆都笑了。

從那天起，我們每天下午都一起玩丟接球。我逐漸加大力氣，她都接得住。有時候換成她投我接，她的球速雖然不快，不過都可以穩穩的投到我面前。我們變成最棒的投捕搭檔。休息時，我們坐在牆邊樹蔭下聊天，她說她叫做司馬瑛……

「有人姓司的嗎？」章均亞問。

「你很瞎欸，司馬是複姓。」方逸豐說。

「父姓？那母姓呢？」章均亞又問。

「拜託，我真的敗給你了。」

「她長得很正嗎？」何文彬插嘴問。

「她皮膚白白的，眼睛大大的，頭髮又黑又長，身材苗條……」

我回答。

「根本就是正妹嘛！」高勝遠說。

「我爸會說這叫做豔遇。」宋謙也說。

「別打岔了，讓鄭少傑繼續說。」錢若娟說。

後來，她父親帶著她來我家拜訪，原來他們剛搬過來。司馬瑛的

媽媽已經過世，爸爸是做研究工作的學者，所以請我們幫忙照顧她。她家是最靠山邊的一棟房子，偶爾我會去她家玩。

第一次去她家時，我走進客廳就嚇到了，因為空間好大，四壁全是白色，通道兩側排列好幾個大型的透明水族箱，每個水族箱裡都有好多魚在游。

「哇，你家好像水族館。」

「我爸爸在做這方面的研究。」她說。

她帶我走到通道盡頭，穿過落地窗即是後院，那裡有個游泳池，更後方是往下傾斜的陡坡，坐在池邊剛好可以遙望日落。不玩丟接球時，我們會來游泳池玩，我看著她游泳，或是兩人一起坐在池邊聊天說笑、看夕陽……

「你怎麼不下水游泳？」許佳盈問。

「我不會游泳。」

「太遜了吧。」邱政說。

「這叫兩小無猜。」卓伯康說。

「應該說是青梅竹馬。」方逸豐說。

「我就說是豔遇嘛。」宋謙說。

「別吵，」錢老大說：「安靜！」

可是，快樂的時光並不長久，有一天她接我的球時，突然臉色發白暈倒了。我伸手一摸，感覺到她身體發熱。

「你怎麼了？」

「沒事啦，只是感冒而已。」

可是她這個感冒很奇怪，一直好不

了。我還發現她身上有瘀青，有時會流鼻血，甚至咳嗽會咳出血痰。我勸她去大醫院澈底檢查，可是她說……

「沒用啦。」

「為什麼沒用？」

「其實……」她壓低聲音，用很神祕的口吻說：「我是來自水星的外星人。」

啊？她在說什麼？外星人？

「我來地球太久，身體開始蛻變了。」

「所以這……這不是你原來的樣子？」

她瞪大眼睛，吐出舌頭：「我本來的樣子很恐怖喔。」

「我才不怕，」我毫不猶豫的說：「你們怎麼不趕快回水星？」

「因為我……」她輕聲說：「我還想跟你一起玩。」

我心裡湧起一股甜蜜的感覺，衝動之下握起她的手。突然間兩個人都沒講話。

「那你有超能力嗎？」我打破僵局問。

「當然有啊。」

「可以秀給我看嗎？」

「現在沒辦法，我身體太虛弱了，」她笑著說：「等我好了再露一手。」

可是接下來一週我都沒見到她。她沒去玩丟接球，也沒來我家，我去她家卻發現大門深鎖，按門鈴也無人回應。然後有一天下午四點多，我接到了電話……

「你可以馬上來我家嗎？」她說。

我二話不說，立刻飛奔去她家。

一進客廳，發現通道兩側的水族箱統統不見了，空曠的客廳裡不見任何人影。我心急的大叫：

「小瑛！你在哪裡？」

「我在這裡。」

聲音是從游泳池那邊傳來的。我跑到落地窗時，看見司馬瑛和她爸爸手牽手站在池邊，兩人都一身白衣。

她爸突然把她抱起來，跨步踏入池內，我正要大叫，卻目睹驚人的畫面，他們不但沒有沉下去，反而走在水面上。她爸背向我一步步走過游泳池，而她回頭望著我。當他們踏上游泳池對岸的地面時，司馬瑛跟我揮手說再見。我看得目瞪口呆，腦袋一片空白，剎那間他們就不見了。

我後來的記憶一片模糊，不曉得自己在那裡待了多久，也不記得自己怎麼回到家的。隔天再去那裡，屋內已全部清空。一個月後，有新住戶搬進那棟房子。從此，我再也沒見過司馬瑛。我想，她應該回水星去了。

教室裡一片沉默。

「好感人又感傷的故事。」錢若娟說。

「原來她的超能力是可以掌控水，難怪你這麼執著。」邱政說：「你很希望能再見到她吧？」

「至少她遵守諾言，」湯子怡說：「離開前有露一手給你看。」

「這就叫做初戀。」馬玉珍感歎的說。

我背後突然傳來嘎吱聲，轉頭一看，是隋雲。她向前傾身，雙肘擱在桌上，十指交握托著下巴。

「原來你心思這麼浪漫。」她說。

「什麼意思？」

「你要是腦袋夠清楚，就會知道她不是身體蛻變而是生病了。」

「生病？」我一頭霧水的問：「生什麼病？」

「從你描述的種種症狀來看，應該是急性淋巴性白血病。得了這

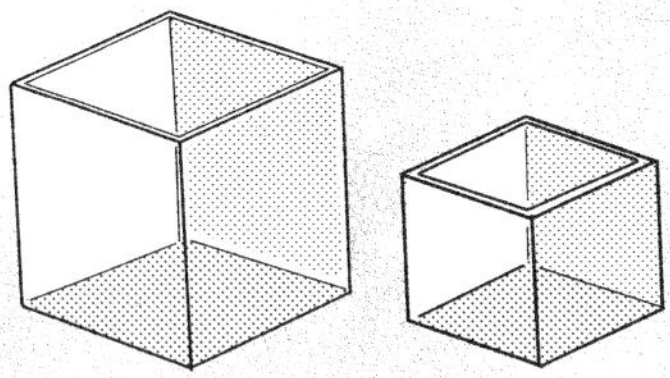

種病的人，體內有大量不正常的白血球，骨髓也無法正常造血……」

「不可能！你亂講！」

「她的病情應該相當嚴重，可是很想在你心中留下好印象，所以才會在臨走前露這麼一手。」

「她沒必要耍我，」我氣得大叫：「我看見她爸走在水面上，這要怎麼解釋？」

隋雲看向黃宗一。只見黃宗一從公事包裡取出兩個呈正方體的透明容器，尺寸一大一小。

「這是兩個容器，」他邊說邊將小容器置入大容器中：「這樣是幾個？」

「一個。」邱政搶答。

「錯了，還是兩個，只是其中一個隱而不見，」他又說：「請想像這兩個容器的尺寸差異極大，我又在裡面加水，那你們還看得到被大容器包覆的小容器嗎？」

應該看不出來吧！大家紛紛搖頭。

「把大容器換成游泳池，答案就呼之欲出了。表面上，他們在水上行走，其實腳下有東西可以踩。」

「不可能！那座游泳池我很常去，水池內根本沒有任何東西！」

「本來沒有，但那一天有。」科學怪探斬釘截鐵的說：「你不是說客廳通道的水族箱全都不見了？其實它們被移到水面下了，只要排成一列便形成一條透明走道，就可以變出水上行走的魔法。」

所以根本不是外星人？也沒有超能力？

「關鍵在於下午四點多的光線沒有中午明亮，慌亂之中你不會注意到那裡暗藏玄機，最重要的是你不會游泳，理論上不會追過去，這樣就不會穿幫。」

「等一下，」我還是覺得有問題：「他們怎麼瞬間消失不見？」

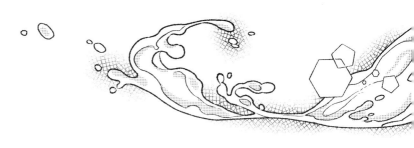

「泳池遠端不是有斜坡？他們只要往下跳，躲在下面就行了。」

我張口結舌，不知做何反應。現場又是一陣靜默。先開口的是余唯心。

「但願她已經好起來了，也希望你還能見到她，因為我……」她欲言又止：「我不想輸給一個已經不存在的人。」

哦喲！有人發出驚歎聲，有人吹口哨。

「水啦，余唯心，你真是酷呆了！」何文彬伸出拇指比讚。

蛤？她這話是什麼意思？我腦袋又是一片空白……

……待續……

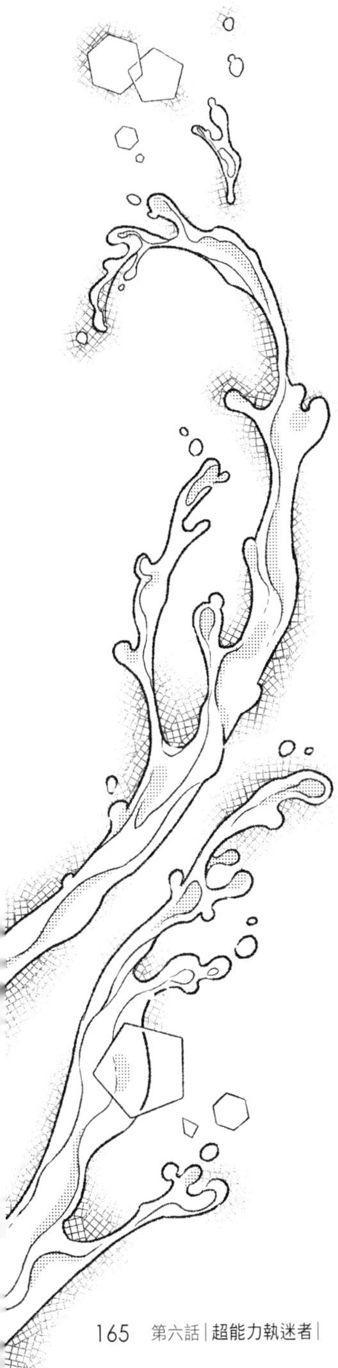

真相需要科學證據！

生活中不難觀察到表面張力，例如杯內倒滿水後還可以繼續倒，直到水面微微突起；蓮花葉上圓滾滾的水珠；密度比水重的迴紋針或縫衣針，竟可浮在水面而不下沉。還有一種名叫水黽的昆蟲，可以用六隻細長的腳站在水面上行走，完全不會弄濕身體或落入水中……

再看看下面的例子，是不是也和表面張力有關呢？

這是水銀。

武俠小說裡的凌波微步，
也是靠水的表面張力嗎？
難道你是
水黽？

科學眼 水的表面張力並不是強大的力，利用肥皂或清潔劑破壞水分子之間的吸引力，就可以破壞水的表面張力。

破案之鑰

表面張力是什麼？從哪來？

表面張力是存在液體表面的一種力，但它並不是來自液體表面，而是來自液體分子之間的吸引力。

以水為例，前面討論毛細現象時曾說過，水分子之間互有引力，能讓彼此凝聚在一起，這股力量叫內聚力，會把水面附近的分子往內部拉，使分子之間變得更緊密，因此形成平滑的表面，就好比水面有一層薄薄的膜。

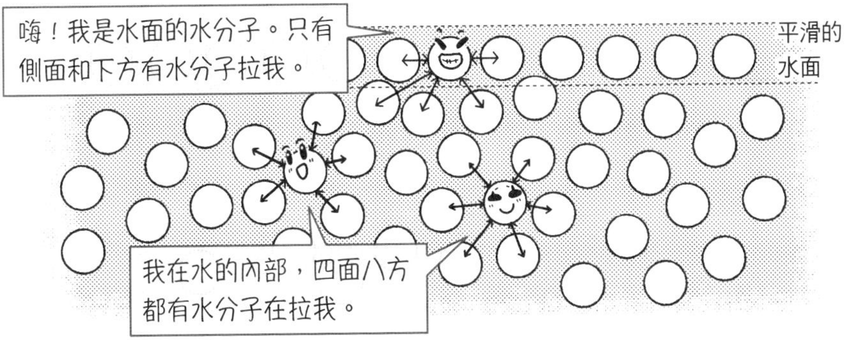
嗨！我是水面的水分子。只有側面和下方有水分子拉我。
平滑的水面
我在水的內部，四面八方都有水分子在拉我。

這股力量也會迫使液體盡可能縮小表面積，使液體形成球狀。

同體積的物體中，球形的表面積最小。

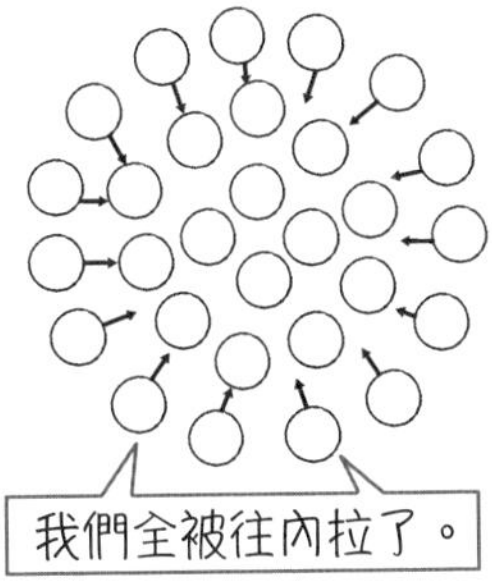
我們全被往內拉了。

少年一推理事件簿 3 是誰在說話？・上

作者／翁裕庭
繪者／步烏＆米巡
破案之鑰／陳雅茜

出版六部總編輯暨責任編輯／陳雅茜
美術主編暨版面設計／趙璦
特約行銷企劃／張家綺

發行人／王榮文
出版發行／遠流出版事業股份有限公司
地址：臺北市中山北路一段 11 號 13 樓
電話：02-2571-0297　傳真：02-2571-0197　郵撥：0189456-1
遠流博識網：www.ylib.com　電子信箱：ylib@ylib.com
著作權顧問／蕭雄淋律師

ISBN ／ 978-957-32-9495-5
2022 年 5 月 1 日初版

定價・新臺幣 280 元

國家圖書館出版品預行編目 (CIP) 資料

少年一推理事件簿 . 3, 是誰在說話？. 上 / 翁裕庭作；步烏＆米巡繪 . -- 初版 . -- 臺北市：遠流出版事業股份有限公司 , 2022.05　面；　公分
ISBN 978-957-32-9495-5 (平裝)
863.59　111003081